HET ZILVEREN THEEËI

D1727554

BBLITERAIR

Hermine Landvreugd
HET ZILVEREN THEEËI

Verhalen

1993
Uitgeverij De Bezige Bij
Amsterdam

94 / 140

Copyright © 1993 Hermine Landvreugd
Omslag Dick Papa / Freek Thielsch
Druk Hooiberg Epe
ISBN 90 234 3276 2 CIP
NUGI 300

Any minute now, something will happen.
Raymond Carver *Drinking While Driving*

Op pagina 208 en 209 wordt geciteerd uit *De Bruinvisvrouw* van Carla Bogaards, De Bezige Bij 1989.
(fragmenten van pp. 11, 12, 68 en 89)

Inhoud

Pas je wel op voor mijn littekens

Voordat we treinkaartjes kopen herinner ik hem er opnieuw aan dat het zaterdag is, maar Mick weet absoluut zeker dat die vrijwilligersorganisaties de hele week niet sluiten omdat de mensen die er werken zo bevlogen zijn dat ze 's avonds en in het weekend altijd nog wel iets te doen zoeken op kantoor.

'Heel efficiënt en bruikbaar, die ideologische types.'

Dus gaan we naar Utrecht. De hele treinreis kijkt Mick zeer zelfingenomen voor zich uit. Een meisje dat schuin tegenover ons zit, neemt me nieuwsgierig op. Ik bedenk tevreden dat ze me vast als een vrouw van de wereld ziet, met mijn gouden minirok, mijn hoge tijgerpumps en mijn zwarte vriend. Quasi verveeld stift ik mijn lippen, hoewel ze al knalrood zijn, en schort mijn rok een stuk op zodat ze ziet dat ik kousen draag.

In Utrecht aangekomen nemen we de bus richting Wilhelminapark.

Nauwelijks zijn we uitgestapt of de bus trekt op, de deuren nog niet helemaal gesloten. Zwenkend verdwijnt hij om de eerste bocht. Het motregent zacht uit een donkergrijze hemel en ragfijne druppels blijven liggen op Micks krullen.

Een brede marmeren trap leidt naar nummer achtendertig. 'Stichting voor Vluchteling Studenten / University Assistance Fund' is met sierlijke letters in de koperen klep van de brievenbus gegraveerd. Ik druk op de bel. Er wordt niet opengedaan. Met kracht smijt Mick de zware klopper tegen de deur.

Een bus waar Station op staat rijdt de straat in en ik trek aan Micks mouw.

'Godver de godver.' Hij geeft een karatetrap tegen de brievenbus, en nog een, tot er een deuk in de klep zit, net onder het woord 'Stichting'. Mick kijkt zo verontwaardigd dat ik moeite moet doen niet te lachen. Het brandt me op de tong iets te zeggen als: idioot hè, dat ze gesloten zijn, vrijwilligers moeten non-stop doorwerken, ook als ze kanker hebben, een dwarslaesie en brekende vruchtvliezen. Ze zouden op kantoor moeten wonen, zodat ze vierentwintig uur per etmaal bereikbaar zijn, vind je niet?

Maar Mick ziet er niet uit alsof hij nu een grapje kan waarderen. De hele terugreis zwijgen we.

Weer in Amsterdam lopen we voor we naar huis gaan een supermarkt binnen voor koffiefilters en afwasmiddel.

'Bonnetje bewaren,' zegt Mickey bij de kassa, 'voortaan declareren we de boodschappen ook bij die aso's. Dat zal ze leren mijn beurs op tijd te storten. Ik als kunstenaar moet me helemaal niet met geld bezig hoeven houden. Straks haal ik door dit soort gelul mijn eindexamen niet.'

Mickey gaat schilderen en ik ga koken. Ik was de wortelen en kijk door het keukenraam naar de drie waslijnen, vlak achter elkaar gespannen. Ik hang mijn ondergoed altijd aan de middelste lijn en de handdoeken en andere kleren aan de buitenste twee, dat wil Mickey graag. Maar helemaal aan het oog onttrokken worden de glimmende rode slipjes niet. Die koop ik sinds ik Mickey ken, hij houdt ervan en de eerste heeft hij me cadeau gedaan. De bon was ongetwijfeld meteen richting Stichting voor Vluchteling Studenten gegaan.

'Ik wou vanavond eigenlijk naar de bioscoop, maar dat kan ik wel vergeten.' Mickey praat met zijn mond vol en spreekt 'ik' uit op zijn Afrikaans, als 'ek'. Ik negeer de ergernis in zijn stem; ik heb geen zin in moeilijke gesprekken of scheldtirades op de SVS; we zijn nu aan het eten.

Ik prik mijn gehaktbal door, in het midden is hij rood en ik leg de twee helften op Mickeys bord. De aardappelen zijn me ook iets te hard, dus eet ik alleen de wortels. Ik vind het niet zo erg dat we zonder geld zitten, ik hoef niet zo nodig naar de bioscoop, liever blijf ik gezellig thuis met Mickey.

'Als we niet naar Utrecht waren gegaan hadden we naar die film met Kim Basinger gekund. Godver. Dank zij die achterlijke stichting lopen wij weer alles mis. Terwijl ik gewoon recht op dat geld heb. Het is de laatste speelweek en in die film gaat ze helemaal uit de kleren.' Hij steekt een sigaret op en gooit het lucifersdoosje een paar keer omhoog. Het is leeg want ik hoor geen ratelende houtjes.

Prima, we blijven dus lekker thuis.

'Gierigaards. Boeren,' sist Mick opeens fel en trekt zijn bovenlip zo ver op dat zijn tandvlees zichtbaar wordt, 'ik zal ze nog een keer goed naaien. Ik zweer het je.' Hij buigt zich over de borden met etensresten heen en zet zijn wijsvinger als de loop van een pistool tegen mijn voorhoofd. 'Pang!' roept hij, 'pangpangpang.'

Ik ruim af en vraag of hij helpt met afdrogen. Hij zegt dat hij last heeft van zijn schotwonden en moet gaan liggen.

In de keuken kijk ik weer naar die glimmende onderbroeken. Ik doe mijn was op de hand en Mickey geeft de zijne altijd af bij de wasserette hiertegenover, Quick and Clean. De eigenaars zijn Arabieren. Wel heel vriendelijk maar ik begrijp niet waarom Mickey zijn was door hen laat doen. Hij zegt dat hij geen zin heeft om een halve middag op een klapstoel naar zijn eigen, in groezelig schuim ronddraaiende overhemden te koekeloeren. Ik zou dat verkiezen boven vreemdelingen in mijn wasgoed laten graaien. Mickey wordt hier kwaad om. Ik was al mijn spullen zelf om helemaal niet naar Quick and Clean te hoeven. Ik draag ook altijd minirokken en dat zijn Arabieren niet gewend.

Mick ligt in het schemerdonker op het matras. Telefoneert in het Engels. Ik kijk naar zijn bewegende lippen en het valt me weer op hoe breed ze zijn. Mickey praat met iedereen Engels behalve met mij. Ik heb een hekel aan vreemde talen spreken, ik moet dan drie keer denken hoe ik iets moet zeggen en doe het dan nog fout, of ik denk zo lang dat ik maar besluit mijn mond te houden.

'Wat doe je?'

Mickey verbreekt de verbinding en draait een

ander nummer. 'Declaratiemateriaal verzamelen.' Meteen daarop: 'Hi. This is Mick. Do you, by any chance, have some' Hij vraagt zijn kennis om buskaartjes en kassabonnen. Tikt mij ondertussen aan en wijst op zijn been, zet een gezicht alsof hij pijn heeft.

Ik haal een theedoek, natgemaakt met warm water. Trek zijn spijkerbroek uit terwijl hij weer iemand anders belt en wikkel de doek rond zijn been, over de littekens. Alleen wanneer hij last heeft van zijn schotwonden word ik eraan herinnerd dat Mickey uit Zuid-Afrika komt. De manier waarop hij Nederlands spreekt klinkt me bijna gewoon in de oren. Behalve als ik kwaad op hem ben, dan klinkt het net zo dom als Vlaams. De littekens zitten op zijn linkerbeen, schuin naast elkaar net onder de knie. Zelfs door zijn broek heen kan ik ze precies aanwijzen. Hoe hij er aankomt weet ik niet, maar het heeft ongetwijfeld te maken met die studentenopstanden van de jaren zeventig. Het fijne ervan heeft Mickey nooit verteld, wat ik weet is dat de rellen begonnen omdat zwarte scholieren les wilden in hun eigen taal. Maar ook dat heb ik geloof ik niet van hemzelf, maar van een poster waarop een antiapartheidsfestival werd aangekondigd. De littekens lijken exact op de littekens die je krijgt van pokkenprikken.

'Nou,' Mickey legt de hoorn op de haak, 'gelukkig heb ik nog echte vrienden. Maar aan al hun bonnen hebben we op dit moment niets. Dat wordt een armoedig weekendje. Binnenblijven dank zij de SVS.'

15

Zachtgeel straatlantaarnlicht valt door de luxaflex over zijn lichaam. Daar heb je tegenwoordig ansichtkaarten van, mooi gespierde jongens met ontbloot bovenlijf, achter luxaflex. Soms ook met baby's op hun arm. Heel opwindend en vertederend.

Ik zeg dat ik het wel gezellig vind, lekker een avondje thuis met z'n tweeën.

'Niet alleen vanavond. Morgen ook nog de hele dag. Ik ga tenminste in geen geval de deur uit zonder geld. Of heb jij nog?' Mick veert overeind als ik mijn handtas van een stoelleuning haal en mijn portemonnee eruit vis. Ik heb alleen nog wat kleingeld; het wisselgeld van de boodschappen, en de treinkaartjes.

'Geef die maar vast hier,' Mickey steekt zijn hand uit, 'declaratie.'

Soms als we in geldnood zitten, verpatsen we een videorecorder of fotocamera aan een handelaar op het Waterlooplein. Maar onze vaste afnemer is er alleen op woensdag. Daarbij zijn de prijzen drastisch gedaald met de toename van het aantal junks. Die zijn met vijfentwintig gulden vaak al tevreden. Mick is heel erg bang voor politie; een tik overgehouden aan de situatie in Soweto. Als hij een sirene hoort, krimpt hij ineen. Hij blijft op het plein ook altijd op de uitkijk staan, terwijl ik me met de vuilniszak vol elektronica tussen de kraampjes en de mensen door wring.

Ik strek me uit naast Mickey en leg mijn hoofd op zijn buik.

'Doe dat maar niet. Mijn maag zit vol.' Hij kijkt naar het been met de littekens en rolt het net zo lang heen en weer tot de theedoek eraf valt. 'Ik ga weer aan het werk. Kom me maar gezelschap houden.'

De kamer aan de achterkant gebruikt hij als atelier. Het zeil op de grond zit vol verfvlekken en de ezel is overdekt met keiharde gekleurde klonten die je met een beitel weg zou moeten bikken. Mickey wil nooit dat ik hier opruim, en ook zijn werk bekijken mag alleen als hij erbij is. Ik ga op de kruk zitten en Mick knijpt verf uit een tube op zijn palet. Zo te zien is hij pas aan een doek begonnen; een man hurkt voor een lemen hut. Ik wil het niet vragen maar ik vermoed dat hij zelf ook zo heeft gewoond. Behalve dit soort taferelen schildert hij stillevens, die hij meestal rangschikt op de kruk waarop ik zit.

Mick doet een paar passen achteruit, kijkt, zijn hoofd schuin, naar het doek. Hij pakt een penseel uit een grote jampot en gaat met grove streken verder aan de achterwand van de hut. Hij is schattig als hij schildert, zijn blik is dan heel ernstig en hij bijt op de binnenkant van zijn wang. Mijn eigen serieuze negertje. Als de muur bijna af is bestudeert hij het doek weer. 'Weet je Sas. Als ik vroeger, toen ik jou nog niet kende natuurlijk, een meisje wou versieren zei ik altijd dat ik vluchteling was en schilder. Dat doet het namelijk altijd.'

Ik schuif mijn handen onder mijn billen en zwaai mijn benen heen en weer. Mick mengt kleuren. 'Soms werkte het zelfs te goed. Dan had ik me al weer bedacht. Maar als ze eenmaal een schilderij van me hadden gezien waren ze niet meer te houden.

Dan moest ik ze soms letterlijk van me af slaan.' Hij grinnikt. 'Er waren grieten bij,' hoofdschuddend mengt hij verder.

'Wat. Vertel dan.'

'Er waren erbij,' zegt hij langzaam, 'die leken wel teleurgesteld dat ik voor de daad niet een of andere rituele dans deed. En dat ik gewone,' snel blikt hij naar mij, 'gewone witte sperma spoot zeg maar.' Hij probeert zich in te houden maar hij schatert het uit. Ik vind er niets grappigs aan.

Toen ik de eerste keer met hem mee naar huis ging, was ik in het feit dat hij schilderde niet bijzonder geïnteresseerd en dat hij uit Johannesburg kwam boeide me alleen omdat hij niet blank was en ik nog nooit met een zwarte jongen naar bed was geweest. Zijn piemel was heel gewoon, bruin met een iets donkerder eikel. Die avond na het vrijen pakte ik ongemerkt mijn handtas en verdween naar het toilet. Ik draaide de deur zo geruisloos mogelijk op slot en ging zitten. Uit de tas nam ik een spiegeltje en keek ermee tussen mijn benen. Natuurlijk had die donkere piemel geen speciale sporen achtergelaten, maar je wist maar nooit.

Weer in bed wilde ik nog een keer vrijen maar Mick wees op zijn schotwonden en zei dat het niet kon.

Mick zoekt een ander penseel uit. Ik laat me van de kruk glijden en ga via de keuken naar het balkon. Het is al donker. De koude, naar uitlaatgassen en avondeten ruikende lucht slaat op mijn gezicht. Ik haal het wasgoed van de lijnen, mijn ondergoed het eerst. Mick gooit zijn onderbroeken na een keer dra-

gen weg. Dat heb ik ontdekt toen ik hier ben inge-
trokken. Hij stopt zijn was in een grote blauwe
sporttas die in de gangkast staat en als die propvol is
brengt hij hem naar Quick and Clean. Wat erin
ging, daar lette ik niet op toen ik nog in mijn eigen
huis woonde. Zo serieus was het tussen ons nog
niet. Maar tegenwoordig, als Mickey de tas met
schone kleding weer heeft teruggehaald, pak ik hem
uit en ruim alles op, al heeft hij dat liever niet. De
eerste keer zag ik gelijk dat er geen onderbroeken bij
waren. 'Ze hebben van alles van je gejat!' riep ik
naar het atelier. Dat was natuurlijk weer een voor-
oordeel volgens Mickey. Hij vertelde dat hij 's morgens na het douchen zijn broekje in de afvalemmer
deed.

'Dure gewoonte,' zei ik.

Maar hij legde uit dat hij achter op de aankoop-
bewijzen van de slips bij voorbeeld 'potje ecoline,
groen' schreef, en die dan naar Utrecht stuurde. Zo
werkte de beurs die hij ontving, een vast bedrag per
maand en daarbovenop vergoeding van alle school-
benodigdheden. In principe was alles een lening
maar Mick was niet van plan ooit een cent terug te
betalen. 'Tegen de tijd dat ze daarover gaan zeuren
zit ik al lang en breed weer in mijn eigen land,' zei
hij, 'daar ben ik van overtuigd.'

Volgens mij staan beide zaken nog te bezien. De
route terug naar Soweto gaat hoe dan ook langs mij,
en ik ben het er niet mee eens. Wat dat niet terugbe-
talen van de beurs betreft, ik ben heel benieuwd hoe
hij zich aan dwangbevelen denkt te gaan onttrekken.

Toen hij de beurs had aangevraagd werd hij verzocht langs te komen voor een intake-gesprek, waarbij hij een verhaal moest meebrengen waaruit bleek waarom hij gedwongen was geweest zijn land te ontvluchten. Deze procedure vond Mickey schandalig. Het feit dat hij een zwarte Zuidafrikaan was moest volgens hem voldoende zijn om per direct die beurs overgemaakt te krijgen.

Misschien was dat onderbroeken weggooien een soort Afrikaanse traditie, net als klompen dragen hier. Intuïtief kon ik me er wel iets bij voorstellen en tradities moet je respecteren.

Met het wasgoed onder mijn arm ga ik naar de linnenkast in de slaapkamer. Op de bovenste plank liggen kunstboeken en romans van Mick, daaronder mijn kleren; stapels rode slips en bh's, en minirokken. Helemaal onderop staat een aantal dozen: drie videorecorders, twee videocamera's, zo'n twintig onbespeelde videobanden en drie fototoestellen; twee spiegelreflex en een direct-klaar camera, en Mickeys kleding ligt er in een wanorde.

Ik trek alles eruit en vouw het opnieuw op hoewel hij altijd zegt dat ik van zijn kleren af moet blijven. Ik vind in de berg kleding voor minstens twee weken nog in de verpakking zittende onderbroeken en een kleine tekenmap. Ik weet dat hij er niet van houdt dat ik zonder zijn toestemming naar zijn werk kijk, zeker niet als het experimenten zijn, maar omdat deze map zo overduidelijk expres is weggestopt kan ik het niet laten.

Ik peuter de touwtjes los en klap hem open. Er glijden allemaal foto's uit, afgedrukt op het dikke glanzende papier waarop hij altijd de foto's van zijn schilderijen afdrukt.

Op deze foto's staan geen schilderijen. De eerste die ik bekijk is een close-up van het natte hoofd van een jong meisje, pieken haar geplakt over haar voorhoofd en druppels hangend in haar wenkbrauwen. Ze heeft haar ogen dicht. De volgende is een close-up van haar natte borsten, zo klein dat een hand er met gemak een zou kunnen bedekken. De tepels glanzen van het vocht. Op de volgende ligt ze op de grond. Ze is tenger en ik gok een jaar of dertien, veertien. Mick staat over haar heen. Hij draagt soldatenlaarzen en zijn Malcolm X T-shirt, verder is hij naakt. Lachend steekt hij een duim in een oké-gebaar op naar de camera. Met zijn andere hand houdt hij zijn geslacht vast. Het meisje heeft haar mond wagenwijd open. Dan zie ik pas dat Mick over haar heen plast. Ik word misselijk. Het is alsof er een grote spons in mijn maag zit. Ik bekijk alle foto's. Ik hoop te ontdekken dat het Mick niet is, maar een onbekende die heel erg op hem lijkt. Mick trekt het meisje aan haar lange blonde haren achterover en plast in haar mond. Mick staat met zo'n grote soldatenboot op haar venusheuvel en plast over haar heen. Het meisje zit op haar knieën en Mick drukt zijn anus in haar gezicht. Mick die lachend een hand vol bruine smurrie aan de camera toont. Mick die het hoofd van het meisje onder zijn oksel vastklemt en de smurrie in haar gezicht smeert, het meisje probeert haar hoofd af te wenden en knijpt haar ogen stijf dicht.

Dit mag Mick niet zijn. Ik zoek naarstig naar

details en hoop ze niet te vinden, zijn glimmende neusvleugels, zijn kleine ondertanden en de littekens. Ik ben zo nerveus dat mijn handen zweten en plakkerige afdrukken achterlaten op de foto's. Hoe ik ook walg, ik peins er niet over ze weg te leggen voordat ik ze allemaal heb gezien. De littekens zie ik het duidelijkst op de foto waarop het meisje op handen en voeten zit en Mick aan een om haar hals gebonden riem trekt, een voet op haar rug geplaatst. Weer valt het me op hoezeer ze op littekens van pokkenprikken lijken.

Mick die in een theekopje plast. Het meisje dat uit dat theekopje drinkt. Mick steekt op bijna alle foto's een hand op naar de camera of wijst op de afbeelding van Malcolm X in een omhelzing met Elijah Muhammad, op zijn T-shirt. De foto's zijn duidelijk met de zelfontspanner gemaakt. Vaak mist er een half hoofd of een been.

Mijn handen trillen als ik de map terugleg zoals ik hem heb gevonden. Dat theekopje waarin Micks urine heeft gezeten moet onmiddellijk weggegooid.

Ik lig op bed en houd mijn ogen dicht als ik Mick mijn kant op hoor komen. Hij zakt naast me neer, het matras veert.

'Laten we bedenken hoe we de SVS nog meer kunnen naaien.' Er hangt een scherpe geur van terpentijn om hem heen en ik hoor hem aan zijn nagels pulken.

Naaien is ook een Afrikaans woord, heeft hij verteld en het betekent in die taal exact hetzelfde als hier. In het eerste jaar Nederlands voor Buitenlanders leerde hij toen de voorzetsels werden behandeld: 'Kabouter Pim zit op een paddestoel' en 'Mevrouw Pietersen zit te naaien'. Hij was de enige die had gegrinnikt. De foto's glijden voor mijn ogen weer uit de map. Mickey zit met zijn rug naar me toe. Ik leg mijn hand in zijn nek, hij steekt groezelig af bij Mickeys huid. 'Laten we dat naaien eens anders interpreteren.' Ik wil het fluisteren, lief en half grappig, maar ik zeg het veel te luid en met trillende stem.

'Je sproeit.' Mick veegt over zijn wang, 'ik dacht erover dat wendbare statief maar eens te kopen en misschien nog een lens en een paar filters. Dat is allemaal zeer geoorloofd, mijn werk moet tenslotte ook gefotografeerd worden. Maar wat kunnen we allemaal nog meer verzinnen om te declareren.'

'Een blank sexslavinnetje.'

'Wat?' Mick draait zich met vragende ogen om, hij heeft me niet verstaan. Het lamplicht kleurt zijn neus goudglimmend. Ik leg mijn hand op mijn buik en voel mijn ademhaling. Hou de lucht zo lang mogelijk binnen en blaas dan langzaam uit.

'Wat zei je nou?'

Ik adem nog een keer aandachtig in en uit.

'Weet ik veel. Een abonnement op een sm-tijdschrift.'

'Doe niet zo dom,' valt Mick me in de rede, 'dat kan toch niet. Ik kan toch moeilijk een acceptgiro voor het abonnementsgeld naar Utrecht sturen waar met grote letters Master and Servant op staat.'

'Dan weet ik het ook niet.' De deken kriebelt onder mijn kin. Mick kauwt nadenkend op zijn onderlip, 'een televisie. Nog een televisie is misschien wel handig voor als we allebei een ander net willen zien. Nee nee nee,' voegt hij er zelf meteen aan toe, 'waar zouden we die moeten zetten.' Hij denkt weer na en pakt plotseling mijn arm beet. 'Of wil die ene vriendin van jou nog een tv kopen? Bea. Petra. Hoe heet ze ook al weer. Dan verkwanselen we hem voor vet geld aan haar.'

'Nee.' Bea heet ze en dat weet hij best. Sinds die keer met die chocolade Zwarte Piet had ik geen contact meer met haar opgenomen. Zij belt mij ongeveer elke maand. Dan vraagt ze hoe het ermee gaat. 'Goed,' zeg ik. Verder blijft het stil. We horen elkaar ademen. Gekraak van de lijn. Op een gegeven moment zegt ze: 'Nou. Mooi dat het goed met je gaat. We zien elkaar wel weer hè.'

'Ja vast,' zeg ik en hang op. De eerste keer dat ze na het gebeurde belde, vroeg ik haar sarcastisch hoe vaak ze het hadden gedaan, in verband met de littekens. 'Littekens?' reageerde ze naar het scheen oprecht verbaasd.

Ik mag haar graag maar het gaat gewoon niet meer. Als ik haar stem alleen al hoor denk ik aan niets anders dan met kleverige chocola besmeurde schaamlippen.

Mick loopt door de kamer. 'Verzin jij dan ook eens wat. Waarom moet ik dat weer alleen doen.'

Ik vouw mijn handen in mijn nek en gaap: 'Doe dan nog maar een videocamera.'

'We hebben er nog twee in de kast! Die dingen raken we aan de straatstenen niet kwijt voor meer dan twee geeltjes. Dat zet geen zoden aan de dijk, dat weet je toch. Daarbij kunnen we nu beter wachten tot er een totaal nieuw model op de markt is, super-turbo-lichtgewicht-mini-pocketformaat of zo iets, anders worden die geitesokken achterdochtig.'

'O.' Ik gaap nogmaals, zo onverschillig mogelijk.

Mick haalt luidruchtig zijn neus op. 'Zeg. Is er nog iets te eten.'

Ik loer tussen mijn wimpers door. Hij staat met zijn handen in zijn zij en kijkt naar buiten. 'Laten we een videootje opzetten,' zeg ik. En daarachteraan, alsof het me net te binnen schiet, 'een videorecorder, dat is misschien een idee.'

Mick zucht.

Ik pak een van onze zelfgemaakte tapes en doe die in de recorder. Het gezoem van het terugspoelen vult de halfdonkere kamer.

'Wat zet je op?' Mick ploft op bed.

'Ons. Sex. Ik haal wel wat te snacken.'

Kauwend kom ik weer binnen. Ik zet me naast Mick neer en sla een arm om zijn schouder. De band trilt, het is alsof Mick, die naakt met soldatenboots aan door het beeld paradeert, kleine sprongen maakt.

'Kinderachtig eigenlijk.' Hij graait in de zak noten.

'Geil juist.'

'Je hebt de deur te wijd opengelaten. Hij moet op een brede kier zodat het niet te koud wordt, maar ook niet te warm.' Hij sluit de deur iets meer en neemt weer plaats, op het voeteneinde. Ik druk mezelf stijf tegen zijn rug, zodat mijn borsten pijnlijk platgedrukt worden.

'Nu tocht het.' Hij doet de deur helemaal dicht.

Door een gespikkelde mist zie ik mezelf vastgebonden tegen een muur staan. Mick zit op zijn hurken voor me, zijn hoofd tussen mijn benen.

'Au.' Met een vertrokken gezicht omklemt hij zijn knie, 'kun je misschien een theedoek halen,' piept hij.

'Ja zo.' Ik pers de woorden met moeite uit mijn keel en blijf naar de video kijken. Geen seconde wend ik mijn blik van het scherm. Ik weet zeker dat ik als ik een beeld mis, keihard ga janken.

Ik word wakker door pijnscheuten in mijn schouder. Ik ben onderuitgezakt op de vloer in slaap gevallen. Mick ligt in bed en leest de krant. Hij heeft zich uitgekleed, het spotje aangedaan en naast hem in de vensterbank staat een glas bier. Toen hij de foto's met dat meisje maakte zal hij ook wel veel bier hebben gedronken, anders had hij nooit zoveel kunnen plassen, schiet opeens door mijn hoofd, hij moet uitkijken, de laatste tijd drinkt hij te veel. Meteen daarna ben ik boos op mezelf om die gedachte. Hij pist, achter je rug om, over grietjes van twaalf, Sasja! Laat die klootzak zich doodzuipen. 'Je lag daar zo lekker. Dus heb ik je maar niet gewekt.' Hij slaat een pagina om en kijkt me aan. Lacht. 'Wat een slaperig gezicht heb je,' snuift hij, 'staat maf bij dat nette bloesje.'

Ik ga naast hem liggen.

'Nee niet zo. Je ligt precies in het licht. Schuif een stuk terug Sasja.' Met gefronst hoofd leest Mick de bladzijde met buitenlands nieuws.

'Lees eens wat voor.' Als ik lang genoeg in de

lamp kijk lijkt het alsof het peertje uitzet en feller gloeit. Ik peuter een stuk noot achter een kies vandaan en vraag me af hoe laat het is.

'Zei je wat?'

Ik schud nee en kus hem over zijn hele gezicht.

Hij maakt een afwerend gebaar. 'Héhéhé. Even wachten schat, even dit lezen.' Met zijn vinger bij de regels gaat hij een artikel door en begint aan een volgend.

Er zit een gaatje in zijn onderbroek, vlak bij de rand die zijn been omsluit. Ik steek mijn vinger erdoor. 'Een gaatje.'

'Ja schat. Wat zei je.' Hij kijkt niet op of om.

Ik wring de vinger verder. De stof kraakt. Met mijn nagel kan ik net bij zijn zak en ik krab eraan. 'Slechte kwaliteit.' Ik krab harder.

'Au,' roept Mick.

'In Utrecht moesten ze eens weten wat voor ondergoed die arme vluchtelingen tegenwoordig wordt aangesmeerd.'

Mick vouwt zorgvuldig de krant op. 'Ach. Ik zou er wel mee teruggaan, ware het niet dat ik hem toch'

'Wa-re-het-niet,' onderbreek ik duidelijk articulerend, 'krijg je dat nou in het basisjaar of is dat Nederlands voor gevorderden?' Ik wring een tweede vinger door het gat in het blauwe katoen. Trek en maak er een grote scheur in.

'Moet dat nou weer, Sasja.'

'Oelaboela ikke niet begrijpen.' In een keer sjor ik zijn onderbroek omlaag en zet mijn tanden in zijn piemel.

'Doe dat maar niet.' Hij probeert me weg te duwen.

'Hij lijkt op beertje Paddington. Net een zuid-wester, die eikel.'

'Wat wil je nou. Ik heb het gevoel dat je iets wil.' Mick poogt zijn onderbroek op te hijsen.

'Niets. Gewoon vrijen. Gezellig.'

Mick strijkt de krant glad. Legt hem op de grond. Er rijdt een auto met een zware motor voorbij, de ruit trilt in de sponningen.

'Oké. Ga je gang maar dan.' Mick sluit zijn ogen en gaat achteroverliggen. Woest val ik op zijn piemel aan.

'Pas je wel op voor mijn littekens,' hoor ik uit de verte.

'Hoe laat is het?' vraagt Mick de volgende morgen met een dikke slaapstem.

'Tegen elven.' Ik ben een paar uur geleden wakker geworden met het gevoel dat ik naar had gedroomd. Toen ik me probeerde te herinneren wat het geweest kon zijn, schoot me de tekenmap te binnen. Ik ben naar de kast gelopen om te kijken of het waar was. Ik heb niet eens zachtjes gedaan. Ik heb zelfs expres hard de kastdeur dichtgegooid. Mick lag onverstoorbaar te snurken.

'Ooooooo,' jammert Mick en drukt zijn gezicht in het kussen, 'nog een hele dag zonder geld. Ik wou dat het maandag was.'

'Wie zegt dat ze je beurs dan gestort hebben.'

'Ik sta weer bij ze op de stoep! Wat denken ze wel, dat ze me kunnen ringeloren, dat ik ze dankbaar moet zijn, stelletje gore' De rest is onverstaanbaar gegrom in het hoofdkussen. Ik loop de kamer uit.

'Wat ga je doen?' Hij richt zich meteen op.

'Rok uitwassen.'

'Pak dan gelijk wat te eten en te drinken voor mij. Waarom ga je eigenlijk niet gewoon naar de wasserette? Nee laat maar, ik weet het al weer. Hoe kan ik zo dom zijn. Enge gevaarlijke Arabieren werken daar. Die iedereen die in een rokje binnenkomt over de droogtrommel gooien en verkrachten.' Hij zwaait waarschuwend met een vinger. Ik ga naar de keuken.

'Weet je wat ze roepen als ze klaarkomen,' schreeuwt hij me na, 'Allah is groot, Allah is groot! En daarbij stinken ze me toch een potje uit hun bek naar knoflook!'

'Wat weet je dat goed. Zeker een keer stiekem een jurk aangetrokken toen je daar naar binnen ging!' schreeuw ik terug. Ik draai de kraan wijd open. Een dikke straal klatert met geweld in de teil zodat ik het antwoord niet versta. Ik buk me om het waspoeder uit het gootsteenkastje te pakken. Hij staat opeens achter me.

'Ik geloof dat ik je niet helemaal heb begrepen. Wat zei je nou precies over mij en een jurk?' Het klinkt dreigend.

Ik schud wat waspoeder in de volle teil. De korrels blijven halsstarrig drijven op het koude water. Zelfs als ik met mijn hand roer laten ze zich maar even onderdompelen.

'Je bent een lafaard. Je durft alleen van een afstand. Een echte confrontatie durf je niet aan,' sneert Mick.

Op het balkon tollen de knijpers in de wind aan

de waslijnen. Ik weet niet hoeveel knijpers ik bezit. Ik tel die aan de lijn en probeer me te herinneren of ik net nog een ongeopend pak in de gootsteenkast heb gezien.

'Zeg het nog eens lafaard. Zeg dan dat ik in een jurk liep en me liet pakken in de wasserette. Je durft niet hè? Zeg het dan.'

Ik doe twee rokken in de teil en was ze zorgvuldig. Mijn hart klopt in mijn keel als ik ze eruit haal, licht wring, en op het aanrecht deponeer.

Vier harde bonken op het zeil, Mick pakt me ruw bij mijn bovenarm en draait me om. 'Zeg het,' schreeuwt hij. Zijn gezicht is dicht bij het mijne, ik ruik zijn slaapadem.

'Laat me los,' zeg ik zo kalm mogelijk.

'Zeg het!' Hij rukt aan mijn arm.

Mijn benen trillen als ik een voor een zijn vingers lostrek en zeg: 'Het spijt me. Ik neem het terug. Jij laat je natuurlijk niet pakken door wasserette-Arabieren. Jij geilt tenslotte alleen maar op kleine meisjes aan die foto's in je tekenmap te zien. En hoe.' Ik smeer de kraag van een blouse in met zeep en doop hem in het koude water. Het klinkt alsof er een baksteen in wordt gegooid. Mick leunt tegen de muur, zie ik uit mijn ooghoek. Zijn hoofd naar beneden. Hij haalt zijn neus op. Wrijft over zijn been en kreunt zacht. Mijn handen zijn rood en bijna gevoelloos.

'Mag ik het uitleggen? Au!' Met een luide kreet grijpt hij naar zijn been. Sasja laat je niet vermurwen, houd ik mezelf voor.

'Ga je gang,' zeg ik.

'Laten we alsjeblieft naar de kamer gaan,' brengt hij moeizaam uit en als een marmotje kijkt hij naar me op. Ik knik en moet me bedwingen om niet snel een theedoek in de teil nat te maken. Vlak naast de deur hangen er drie. Mick strompelt voor me uit en ik doe een poging die van urine glanzende tepels weer voor de geest te halen en het vertrokken gezicht van het meisje als Mick een handje poep over en in haar mond smeert, trots wijzend op Malcolm X.

Ik sla mijn armen over elkaar en blijf staan.

'Auauauau,' prevelt Mick, zittend op bed. Hij beweegt zijn been wat heen en weer en strekt het de lucht in.

'Als ik dit doe, doet het zo'n pijn.'

'Ik wacht.'

Langzaam, het bij de knie vasthoudend, legt hij zijn been neer. Hij zucht. 'Ik weet niet hoe ik het uit moet leggen. Het is zo simpel. Maar je gelooft me toch niet.' In het donker schittert zijn oogwit. 'Kom eens hier zitten. Ik vind het vervelend als je zo ver van me af bent terwijl we een intiem gesprek voeren.' Met een vlakke hand klopt hij naast zich op het matras. Ik blijf onbeweeglijk staan. Verplaats mijn gewicht naar mijn andere beèn.

'Goed. Als je het zo wilt kun je het zo krijgen,' zegt hij kortaf. Het klinkt niet overtuigd. Hij plukt wat aan de deken. 'Je geeft me geen eerlijke kans. Je hebt je mening al helemaal klaar. Wat heeft het voor zin om nog iets te zeggen.'

'Begin maar,' hoor ik mijn eigen stem alsof hij van iemand anders is. Waarom ga ik eigenlijk niet gewoon weer in mijn eigen huis wonen, vraag ik me af. De huur is zo ontzettend laag, dat we besloten het aan te houden toen ik hier introk. Voor Het Geval Dat. Ik kom er bijna nooit meer. Een keer in de maand haal ik de acceptgiro van het energiebedrijf en geef de vetplanten water, die voor het raam staan als kraakpreventie. Ik weet nu al dat Mick zal gaan zeggen dat die foto's een artistiek doel dienen. Net als toen ik mijn vriendin Bea hier bloot aantrof met een chocolade Zwarte Piet in haar kut waar Mick een hap van nam. Inspiratie opdoen, noemde hij dat.

'Dit is niet wat jij denkt,' zei hij onmiddellijk toen ik binnenkwam. Bea probeerde snel haar handen voor haar kruis te houden. Mick kauwde zijn mond leeg. Op de mat voor het bed lag de gekleurde zilverfolie waarin de Zwarte Piet verpakt was geweest. 'Dit heeft een diepere betekenislaag. Dit heeft te maken met mij, als zwarte, in een witte samenleving. Dit dient ook een artistiek doel. Ik, als zwarte schilder in een witte'

Bea had een deken over zich heen getrokken en keek me niet aan. Ik liep de kamer uit. Ging de energierekening ophalen in mijn huis. Op de trap heb ik hem opengemaakt en ben daar de hele middag blijven zitten. Ik was voor drieënvijftig-gulden-veertig aangeslagen en het was de vijfde termijn van het jaar.

'Je gelooft me toch niet. Het is een model. Om na te tekenen.'

Ik ga zitten en steek een sigaret op. Blaas de rook naar het plafond. Het Geval Dat lijkt nooit aangebroken. Was er maar iemand die dat voor me in de gaten hield, die zei: 'Sasja, nu is het genoeg. Nu gaat die Zuidafrikaan te ver, jij gaat terug naar je eigen huis en wel stante pede.' Maar Mick is de enige persoon die mij altijd van dwingende adviezen voorziet.

'Godverdomme,' vloekt Mick hartgrondig, 'ik dacht het al. Je gelooft me toch niet. Wat wil je dat ik zeg? Wat wil je in godsnaam dat ik zeg? Dat ik op die foto's geil of zo? Moet ik dat zeggen?'

'Je ziet maar.' Ik klem mijn handen om mijn knieën. Mijn ouders zouden het toejuichen als ik hier wegging. Mijn moeder vindt hem wel erg zwart. Niet dat ze er iets tegen heeft hoor, dat moest ik goed begrijpen. Maar hij was wel erg zwart. En ze praat tegen hem alsof hij een debiel is. Ze schreeuwt bijna, en ze versimpelt haar taalgebruik totdat het geen Nederlands meer is, of voor een kleuter nog te eenvoudig. Toen er een referendum werd gehouden over het al dan niet autovrij maken van de binnenstad legde ze het principe van een democratie uit. 'Dat betekent dat de meeste stemmen gelden. Dus als papa, Sasja en ik stemmen voor een autovrije binnenstad, en jij stemt tegen, dan wordt de binnenstad autovrij. Want het is dan drie tegen een.' Mick knikte alsof hij het ternauwernood bevatte. Mijn vader vroeg zoals gewoonlijk hoe het nou met Bert is. Dat is mijn vorige vriend, een bouwvakker. 'Een goeie, hardwerkende jongen,' zegt mijn vader. Toen we naar huis liepen klapten we constant dubbel van de lach. De een keek de ander aan en we proestten het weer uit. Thuis aangekomen had Mick behalve pijn aan zijn littekens, maagkramp. Sinds die avond noemt hij mijn moeder een Hollandse kaaskut. Dat begrijp ik. Ik ben niet zo dom dat ik niet doorheb dat mijn ouders hem kwetsen. Maar erover praten, daar heb ik echt geen zin in. Voor je het weet zit je midden in een discussie die toch niets oplevert behalve hoofdpijn. Die vindt dit, de ander vindt dat. Om moeilijke gesprekken uit de weg te gaan verdwijn ik na elk bezoek aan mijn ouders de keuken in, om de was te doen.

'Schatje. Schatje, je weet toch dat ik je nooit pijn wil doen? Kom nou hier zitten. Alsjeblieft. Kom nou dichterbij.' Hij strekt zijn armen naar me uit. 'Kom nou.'

Ik schuif naar hem toe. Mijd zijn blik.

'Schatje.' Hij pakt mijn handen, 'wat zijn ze koud!' Stevig wrijft hij ze warm, 'jij moet ook zelf de was niet doen. Voor mij hoef je echt die korte rokjes niet te dragen. Dan kun je gewoon naar de wasserette. In een tuinpak of een jutezak vind ik je ook heel sexy. Of in een strakke leren broek. Of helemaal zonder kleren. Met alleen een stringslip.' Hij streelt de binnenkant van mijn arm. Drukt een kus op mijn elleboog. 'Schatje.' Hij pakt me bij mijn kin en kijkt me recht in mijn ogen. Onder zijn rechterooghoek zie ik een gerstekorrel die ik nog nooit eerder heb opgemerkt. Wat zit er eigenlijk in een gerstekorrel, pus of is het gewoon een vetbolletje.

'Die foto's heb ik daar expres neergelegd, ja. Omdat ik al vermoedde dat je als je ze zou zien de verkeerde conclusies zou trekken. Het zijn tekenmodellen. Om na te tekenen. Maar je gelooft me toch niet.' Mick oreert nog wat door over nieuwe richtingen met zijn werk inslaan. Zal allemaal wel waar zijn. Na het voorval met Bea was er ook meer diepte in zijn werk gekomen zei hij. Maar ik als leek zie dat natuurlijk niet.

Misschien moet ik maar eens in mijn huis gaan kijken of de energierekening van deze maand al is gekomen. En de vetplanten water geven. Er zit altijd een plakkerige stoflaag op de bladeren. Ik hou helemaal niet van vetplanten, ze staan er uitsluitend omdat ze blijven leven met maar een keer in de maand water. Woonde ik er weer, dan stonden er elke week knalroze rozen, oranje reuzenmargrieten en lila sieruien, allemaal bij elkaar in een bos zo groot dat je hem niet met je armen kan omvatten. In het begin nam ik wel eens een bos bloemen voor Mick mee maar hij beweert dat het stuifmeel, als het in zijn littekens komt, ondraaglijke pijnen veroorzaakt.

Er zijn hele leuke kanten aan weer in je eigen huis gaan wonen. De kraan van de douche bij voorbeeld is al in geen anderhalf jaar meer opengedraaid, het water komt dan sputterend, hortend en proestend door de buizen. Fascinerend is dat. De zeep op de wastafel is gebarsten en de spin die in een hoek bij de stortbak en de bos salomonszegel hing is dood, uitgedroogd hangt zijn skelet in het web. Ik haatte die rotspin maar ik hoop wel dat er een nieuwe komt zitten. Mick kan natuurlijk komen logeren. Alhoewel, hij loopt liever niet te veel trappen en ik woon drie hoog. Hij heeft vanwege zijn been een huis op één hoog weten te krijgen via de SVS.

Ik haal een natte theedoek, wikkel die zorgvuldig rond zijn littekens en ga naast hem liggen. We klemmen ons tegen elkaar aan alsof we alle lucht uit de ander willen persen. Hij wiegt me en fluistert zangerig in mijn oor: 'Schatje, lief klein schatje, ik hou van je zoals je bent, dat weet je toch'

Ik zou me als een baby willen overgeven aan die prettige klanken en zijn stoere, veilige lichaamsgeur. Maar zijn accent houdt me tegen. Hij zegt duidelijk 'ek' en de v spreekt hij uit als een f. Ek hou fan jou. Ek hou fan jou soals jij bent skatje. Wat klinkt dat toch ontstellend dom. Ik moet gelijk denken aan een Belgenmop en proest het uit. In Vlaanderen is een meedogenloze terrorist actief. Vorige week trachtte hij een bestelbus op te blazen. Dat mislukte doordat hij zijn mond brandde aan de uitlaatpijp.

'Wat is er?' schrikt Mick met wijd opengesperde ogen en een hangende onderlip. Een dikke Vlaamse frietmevrouw ging naar de dokter voor een uitstrijkje. 'Dat zal moeilijk gaan want het is herfst,' zei de dokter. 'Er zijn geen toeristen meer en alle strandkiosken zijn gesloten.' 'Wat heeft dat ermee te maken?' vroeg de dikke Vlaamse frietmevrouw. 'Nou,' zei de dokter, 'ik zou niet weten waar ik nu een surfplank moest huren.' Ik moet nog harder lachen. Ik lach tot ik pijn heb in mijn kaken en de tranen over mijn wangen rollen, en tegelijk huil ik om die arme spin die daar zonder dat iemand het merkte in zijn eentje dood is gegaan.

'Stil nou maar.' Onrustig strijkt Mick over mijn haar. Ik duw hem weg en leg een kussen op mijn gezicht. Mick verdwijnt met de televisie in zijn atelier en blijft daar de rest van de middag en de avond. Mick schudt me wakker, 'goedemorgen lieveling.' In de vensterbank heeft hij twee bekers koffie gezet, een groot bord vol beschuitjes en zelfs gepelde eieren. Hij pakt er een en hapt erin. Hij is al aangekleed en ruikt naar een van zijn dure after-shaves. Smakelijk kauwend draait hij de luxaflex open. Mick Kekana, vierentwintig jaar, vluchteling uit Zuid-Afrika. Op de een of andere manier lijkt het niet op hem te slaan. Ik strek mijn hand uit naar een kop koffie maar bedenk me. Hoe zag dat kopje op die foto er ook weer uit.

'Moet je niet naar school?'

Met zijn mond vol schudt Mick van nee. Hij spiedt van het overgebleven ei op het bord naar mij. 'Jij bent eigenlijk niet zo dol op eieren hè?'

Ik werp het naar hem toe.

'Bedankt,' zegt hij vrolijk en werkt het smakkend naar binnen. Veegt zijn handen aan zijn broek af. 'Wat vroeg je eigenlijk?'

'Of je niet naar school moet.'

'Nee. Ja, ik zou wel moeten ja. Maar ik ga naar Utrecht. Ik wil om negen uur bij die lui op de stoep staan.'

'Je kan ze ook bellen.'

'Geen sprake van,' zegt hij beslist, 'ik wil een directe confrontatie. Geen gekonkel. Ik zal ze laten zien met wie ze te maken hebben.' Hij steekt een gebalde vuist vooruit.

'Amandla!' roep ik, 'Black Power heeft gesproken. Uch!'

Met grote slokken ledigt Mick zijn beker. 'Laten we het leuk houden Sas. Het is maandagochtend en ik verzoek je je niet te bemoeien met zaken waar je geen verstand van hebt,' bruusk veegt hij zijn mond af, 'nou. Ga je nog mee of hoe zit het.'

Geen geld voor een treinkaartje, dus niet op je gemak zitten, heen en weer schuiven op die rode banken, kijken of de conducteur komt, schrikken van iedereen in een donkerblauw colbert. Ik weet precies hoe dat gaat. Mick die tegen de conducteur oreert over dat hij, als vluchteling en stelselmatig onderdrukte zwarte het recht had om, dat de rekening maar gestuurd moest worden naar... Iedereen kijkt, ik probeer te doen alsof ik er niet bij hoor, tuur naar buiten alsof daar iets interessants gebeurt, maar in het raam zie ik de weerspiegeling van een druk gesticulerende Mick, een conducteur met een opschrijfboek in zijn hand en een oma die afkeurende blikken op Mick werpt en op mijn benen.

Voor sommige oude mensen, die nog in de waan verkeren dat Suriname een kolonie van Nederland is, zijn meisjes die met zwarte jongens omgaan net zo fout als nazi-hoeren. Mijn ouders zijn minder extreem van opvatting, maar hebben het duidelijk ook liever niet. Ik hielp mijn moeder met afdrogen toen ik voor het eerst over Mick vertelde. Ze ontdeed de pan van resten bloemkool en liet hem in het water zakken. 'Ja,' zei ze, 'wat moet ik zeggen. Je bent oud en wijs genoeg. Ze hebben van nature de neiging tot veelwijverij. Maar ik wil ze niet allemaal over een kam scheren.' Natuurlijk was ik boos geworden, en zelfs na wat Mick met Bea en dat jonge meisje heeft geflikt wil ik haar niet alsnog gelijk geven. Maar het zette me wel aan het denken. En op zijn minst wil ik hem enigszins kwetsen nu hij dit weekend nog niet eens spijt of extra veel genegenheid heeft getoond. Een ontbijtje op bed, daar neem ik geen genoegen mee, zeker niet als hij zelf alle eieren opeet.

In mijn kortste, goudkleurige minirok en op roze stiletto's hobbel ik achter hem aan de trap af. Met loeiende sirene scheurt er een politieauto voorbij, het blauwe licht flikkert razendsnel naar binnen door het raam boven de deur. Mick schrikt zoals gewoonlijk en verstart een moment, en dat brengt me nu op een ideetje.

'Laten we naar het station lopen.'

Mick staat al op de stoep te klappertanden. 'Wat is dat nou weer voor een onzin!' roept hij uit, 'schiet alsjeblieft op, straks missen we de bus.'

'Ik wou nog wat met je kletsen.' Ik schrijd als een koningin verder naar beneden.

'Kletsen? Waarover? Kletsen, dat kan in de bus ook. Toch niet over die foto's hè? Daar heb ik mijn laatste woord over gezegd.' Driftig gooit hij zijn sleutelbos van de ene in de andere hand.

Ik sla mijn arm om zijn middel. Op deze hakken ben ik even groot als hij. 'Ik weet toch dat je nooit tegen mij zou liegen schatje.' Ik kus hem op de mond.

Mick probeert zich los te wringen uit mijn omhelzing. 'We moeten echt opschieten Sasja. Vanmiddag moet ik langs de academie. Bespreking over de vorderingen van het eindexamenwerkstuk.'

'Goed,' opgewekt haak ik bij hem in, 'snel op en neer naar Utrecht, dan ga jij naar school, ik ga de vetplanten water geven en dat kletsen doen we van-avond wel.'

'Kletsen waarover.' Argwanend kijkt hij me aan.

Ik geef hem een tikje op zijn billen. 'Maak je niet druk, Mickey Mouse. Gewoon gezellig. Met wat chips en cola erbij, als we je beurs meekrijgen tenminste, en dan ga jij me eindelijk je spannende verhaal vertellen.'

'Spannende verhaal?'

'Ja.' Ik luister naar het parmantige getik van mijn hakken op de stoeptegels en wuif vriendelijk naar de eigenaars van Quick and Clean die net hun zaak opendoen. Die gefrustreerde moslims werpen natuurlijk gelijk beestachtig geile blikken op mijn lichaam. Mick gaapt me aan en steekt ook zijn hand naar ze op.

'Ik heb het gevoel dat je iets wilt. Volgens mij ben jij ergens op uit.'

'Welnee, Mickey Mouse,' zeg ik luchtig, 'pas op met oversteken schat. Ik wil niets. Behalve vanavond lekker met een beker warme chocomel voor de kachel terwijl jij vertelt hoe het nou was in het onmenselijke getto Soweto, hoe je bent gemarteld, met alle gruwelijke details natuurlijk, hoe je aan die schotwonden komt, enzovoort enzovoort. Zeg maar gewoon, een gezellig vluchtelingenverhaal voor de winteravond. Misschien is dat verhaal dat je voor dat SVS intake-gesprek hebt moeten schrijven nog wel bruikbaar ter inspiratie. We kunnen mijn moeder ook uitnodigen, die geniet daar ook wel van.'

Mick stapt naast me voort. De straat uit. De hoek om. Als we bij het volgende zebrapad zijn heeft hij nog steeds niets gezegd. Alleen zijn arm uit de mijne gehaald.

Ik stoot hem aan. 'Hé zeg eens wat. Is het een goed idee van mij of niet.'

'Rot op.' Hij steekt over. De handen diep weggestopt in zijn broekzakken.

'Wacht nou.' Ik snel hem achterna en schuif mijn arm weer door de zijne. De kou prikt in mijn neusgaten. Hij houdt zijn lippen stijf opeengeperst en zijn ogen staan woest.

'Grapje.'

'Rot op. Kankerbitch.'

'Grapje. Ik bedoel het niet zo schatje.' Misschien ben ik echt iets te gemeen geweest, hij lijkt wel erg boos.

'Rot op.' Hij neemt al grotere passen en ik heb moeite hem bij te houden.

'Je moet toegeven dat je nooit iets hebt verteld,' probeer ik.

'Heb jij wel eens nagedacht waar dat aan ligt!' Hij schreeuwt en blijft stilstaan, 'is het wel eens tot je doorgedrongen dat jij een zekere desinteresse tentoonspreidt!'

Dat gaat mij te ver. Luid en overdreven bauw ik hem na. 'Desinteresse tentoonspreidt; keurig hoor Mick, prima Nederlands. Alleen goed op de 'z' blijven oefenen. Hier zeggen we 'zekere' in plaats van 'sekere'.'

Hij beent naar de bushalte en gaat in het glazen huisje zitten. Ik klikklak licht wankelend achter hem aan. Ik heb zin om hem tegen zijn poot te schoppen. Een naaldhak in die littekens te boren, of ze nou afkomstig zijn van kogels of van pokkenprikken. Net alsof het niet volslagen legitiem is om ergens niet naar te vragen. Waarom moet je altijd per se geïnteresseerd zijn in buitenlanders, oorlogs- en incest-slachtoffers, joden en invaliden. Ik zink neer op een bankje. Het harde plastic voelt koud aan mijn billen. Hij heeft zelf wel eens gezegd dat hij zich doodergerde aan hoe mensen reageren als hij vertelt dat hij uit Zuid-Afrika komt. 'Erg daar hè, met al die Apartheid.' Hij zei altijd dat hij juist blij was dat ik er niets over had gezegd toen we elkaar voor het eerst ontmoetten.

'Ik dacht dat je het waardeerde dat ik nooit iets vroeg.'

Mick staart voor zich uit. Aan de overkant van de straat staat iemand in een telefooncel met de hoorn in zijn hand op het toestel te beuken. Ik vraag bijna nooit iemand naar privé-zaken. Mick schuurt met zijn voetzolen over de grond en mompelt iets.

'Wat zeg je?'

Hij antwoordt niet.

Ik ga naast hem zitten.

'Je weet toch dat ik nooit iemand naar hele per- soonlijke dingen vraag? Ik hou er niet van als men- sen te pas en te onpas over hetzelfde beginnen. En dat gebeurt nu eenmaal als je een keer te veel belangstelling toont,' leg ik uit.

Mick bekijkt mijn gezicht alsof hij op de markt sinaasappelen uitzoekt.

'Het is niet persoonlijk bedoeld,' voeg ik er haas- tig aan toe, 'het is een principe.'

De jongen in de telefooncel rukt de hoorn met snoer en al van het toestel en begint tegen de wand te trappen. Hij draagt een lichtgroen bomberjack en heeft, voor zover ik het van deze afstand kan beoordelen, een lekkere strakke kont.

'Kijk. Een vandaal.' Ik wrijf door Micks stugge krulletjes.

De bus nadert. Mick staat op. 'Zodra ik mijn beurs krijg koop ik een nieuwe lens en een statief. Ik moet meer foto's maken. Ik denk dat ik Bea ook maar weer ga vragen model te staan. Waanzinnig inpirerend is zij.'

Ik hoef natuurlijk niet per se weer in mijn eigen huis te gaan wonen. Een andere mogelijkheid is teruggaan naar mijn ouders.

Nu kan ik het goed zien. De jongen in de bomber komt onze kant op. Hij draagt een witte Levi's en zijn billen, die gespierde mooie jongensbillen, beloven wat. Mick stempelt ook voor mij af.

De telefooncelshow

Ik ga alleen voor Anne. Ik heb een cadeau voor haar meegenomen, een roze pluche konijn met een rood en een groen oor. Ik hoop dat ze nog op is als we komen.

Het is donker en tussen geparkeerde auto's door lopen we het trottoir op. We zijn op weg naar Peers zus, die twee dagen geleden jarig was. Peer gaat rechtsaf. Ik neem de blauwe plastic tas met mijn nieuwe schoenen erin in mijn andere hand en volg hem. Achter ons rijdt de tram weg, onder doordringend gebel. Het is koud en ik wil mijn handen in mijn jaszakken stoppen, maar het konijn vult er al een en ik trek mijn mouwen zo ver ik kan over mijn handen heen.

De zolen van Peers schoenen maken bijna geen geluid op de stoeptegels. Gewoonlijk draagt hij vaalzwarte dixie-laarzen die zwaar klossen op steen, maar nu heeft hij zijn nette schoenen aan, bruin met een gaatjespatroon.

Bijna loop ik het tuinpad voorbij dat hij is ingeslagen; Peer fluit en wenkt met zijn hoofd. Beide handen heeft hij vol. In een hand draagt hij een tas met jazz-lp's en een tas met stripboeken. Het verjaardagscadeau voor Trudy, een plaat met Hongaarse volksmuziek die je in de platenwinkel gratis kreeg bij besteding van meer dan honderd gulden, heeft hij in zijn andere hand. Peer zet de tassen op de grond en stapt van het tuinpad af het grasveld op. Voordat hij op het raam klopt draait hij zich om. Grijnzend zegt hij dat hij onder zijn spijkerbroek niets aan heeft. 'Denk daar maar aan als je je verveelt.'

Trudy gluurt eerst door een kier en schuift het gordijn daarna helemaal open. Ze schudt haar hoofd en vormt met haar lippen duidelijk het woord 'foei'. Een grendel wordt weggeschoven en een sleutel wordt omgedraaid. Peer buigt zich naar mijn oor en zegt dat ik niet moet vertellen wat we net allemaal hebben gekocht en dat ik zeker niet mijn nieuwe schoenen moet laten zien. Ik knijp in Peers bil, hij mept mijn hand weg en Trudy doet de deur open.

'Foei! Twee dagen te laat,' ze trekt een quasi bestraffend gezicht. 'Ma vond het jammer dat je er eergisteren niet was. En jij ook natuurlijk.' Dat laatste zegt ze tegen mij. Ze drukt Peer stevig tegen zich aan. Zo stevig dat haar borsten onder haar blauwe joggingpak ingedrukt worden. Ze kussen elkaar op de wangen. Daarna krijg ik ook een zoen. Ze drukt haar lippen licht op mijn wang, maar ze plakken en hoewel ze haar mond snel weer wegtrekt voel ik even de kriebelende haartjes op haar bovenlip.

'Die snor heeft ze van de hormonen,' heeft Peer me een keer verteld, 'van een kuur die ze heeft gehad omdat ze bij haar vorige man, Jan, geen kinderen kon krijgen. Maar zodra ze met Kees trouwde kregen ze Anne.' Hij zei ook dat ze na die hormonenkuur altijd panty's onder rokken is gaan dragen, nooit meer haar blote benen liet zien. 'Met nog een extra tiet had ze in vroeger tijden op de kermis grof geld kunnen verdienen. Zowel levend als in een pot op sterk water,' had hij eraan toegevoegd.

In het gangetje ruik ik de zoete lucht van toilet-verfrisser die me de vorige keer ook opviel. Tegelijkertijd zie ik onder de kapstok het rode hou-ten kraanwagentje van Anne. 'Zelf gemaakt door Kees,' zei Trudy trots toen ik bij mijn eerste bezoek beleefd vroeg waar ze dat gekocht hadden.

Ik sluit de deur. Mijn hand laat een mistige afdruk achter op de metalen deurknop. Ik heb me haar voorgesteld, dat kleine bleke meisje, op die kraanwagen, een koffer achterop met een pyjama, een appel en een kleurboek erin. Hoe ze het tuinpad af zou rijden, linksaf zou slaan en achter de heg zou verdwijnen. Drie uur later zou ze bij mij aanbellen, staande op haar kraanwagentje omdat ze anders niet bij de bel kon. Ze komt binnen, struikelt over een losse veter, haar koffer valt en springt open, en ze zegt dat ze bij mij komt wonen. Ze klimt op mijn schoot en ik zoen haar op haar oren, bijt zacht in haar lelletjes.

Zoiets vertel ik niet aan Peer. Hij noemt haar het vieze kleine muisje, omdat ze volgens hem altijd chocolademelk rondom haar mond heeft, verf onder haar nagels, en omdat ze haar neus nog niet zelf kan snuiten.

Peer schuift de tassen met boeken en platen onder de kapstok, tegen de zijkant van de kraanwa-gen en ik zet mijn tas met schoenen ernaast. Trudy wil iets vragen; ze kijkt met opgetrokken wenkbrauwen naar de tassen en naar Peer. Peer loopt de huiskamer in. Ze wendt zich naar mij; ik doe alsof ik niets doorheb en maak een voor een de drukkers van mijn jack los. Hang hem aan een van de bruin gelakte knoppen van de kapstok. Ik zorg ervoor dat de jaszak met het konijn niet geraakt wordt door een van de andere jassen.

'Hé,' roept Peer vanuit de huiskamer, 'zijn je man en de kleine muis er niet?'

Trudy wijst naar het plafond. 'Boven. Ze kon niet slapen. Dus wel een beetje,' ze beweegt een gestrekte hand op en neer.

'Tuurlijk,' zegt Peer niet veel zachter dan daarvoor. Hij zit op een van de donkerbruine leren banken die tegenover elkaar staan. Het cadeau voor Trudy heeft hij voor zich op de lage eikehouten tafel met glazen dekplaat gelegd. Ik ga in de fauteuil zitten die recht tegenover de televisie staat. Het leer kraakt zacht als ik mijn benen over elkaar sla. Trudy loopt door naar de keuken. 'Even de koffie afmaken.'

Ik druk me tegen de rug van de stoel, zo hard dat ik de knopen die er in een ruitpatroon zijn op genaaid, door mijn T-shirt heen voel, en zie haar in de keuken staan, bij het aanrecht. Ze schenkt water uit een fluitketel beetje bij beetje in een filter op een warmhoudkan. Stoom stijgt op, wolkt uit elkaar en is halverwege het gordijn voor het keukenraam al niet meer zichtbaar. Zo zet Peer ook koffie. Toen ik vroeg waarom hij geen koffiezetapparaat had, zei hij: 'Dit trekt veel beter af.' En hij kon het natuurlijk niet laten, terwijl hij daar stond met een ketel in zijn hand, om zijn kont naar achteren te steken en daar met zijn vrije hand langzaam overheen te strelen, grinnikend.

Boven is niets te horen. Misschien leest Kees voor en zit ze met haar magere billen op zijn schoot. Lekker warm in een flanellen varkentjespyjama te kijken naar hoe hij zijn lippen beweegt. Of misschien slaapt ze al. Haar hoofd opzij gedraaid en restjes aangekoekte chocomel in haar mondhoek. Ik moet haar het konijn geven, zodat ze dat tegen zich aan kan drukken wanneer ze eng heeft gedroomd. Ik let op Peer. Hij heeft een onderzetter van de tafel gepakt en krabt er met zijn duimnagel over. Het is een vierkante onderzetter met een afbeelding van een rennend paard. Vorige keer heeft hij van een van die dingen een hele staart, een achterpoot en nog een hoef afgekrabd.

Twee kleine meisjeshanden waar altijd verf aan zit. Ik schud mijn hoofd om ze te laten verdwijnen. Peer trekt mijn aandacht door doordringend te sissen. Hij legt zijn vinger voor zijn lippen en schuift naar de hoek van de bank. Helt zo ver mogelijk over de zijleuning om zicht op de keuken te hebben. Trudy draait de dop op de warmhoudkan en loopt naar rechts, waar ze niet meer te zien is. De zuigende klik van het opentrekken van een koelkast is hoorbaar. Net als Peer weer geluidloos terugschuift, rinkelen er in de keuken kopjes en klettert er iets metaligs op de grond. Trudy roept 'godver'. Peer knipoogt en kust in de lucht naar me.

'Lukt het allemaal, zus?' roept hij zonder zijn ogen van mij af te houden.

'Niet zo luid!' antwoordt ze gelijk. Daarachteraan, zachter en rustiger, 'de koffie komt er zo aan. De melkkan viel.'

Peer tuit zijn lippen, zijn wangen zijn helemaal hol gezogen. Hij perst zijn tong naar buiten en likt er langzaam mee over zijn middelvinger. Hij heeft pret, zijn ogen glimmen en ik vind hem lief, zo met zijn nette gaatjesschoenen aan.

Vragend wijst hij naar rechts. Trudy is nog niet te zien en ik schud mijn hoofd. Peer stopt zijn vinger helemaal in zijn mond en maakt de knoop van zijn broeksband los, zijn ogen vernauwd tot spleetjes. Tandje voor tandje ritst hij de sluiting open. Heel voorzichtig staat hij op, de bank kraakt nauwelijks. Hij draait zich om en trekt zijn broek omlaag. Zijn kont ziet er zacht uit, en waar hij overgaat in zijn benen zitten plooien, schattige plooien waar ik altijd mijn pinken in leg. Ik vind dat het mooiste deel van zijn lichaam.

Boven klinkt gestommel. Ik schrik en let niet meer op Peer. Warm, ik heb het warm, stop mijn handen onder mijn bovenbenen. Trek mijn schouders op zodra de deur opengaat. Het is Kees. Alleen Kees. Het bonst in mijn slapen als ik met een kleffe hand de zijne schud, ik kijk hem niet aan. Zie dat Peer zich weer heeft aangekleed.

'Helaas zijn jullie te laat voor de taart,' vrolijk zet Trudy de koffiekan, een dienblad met kopjes en een rol biscuit, op tafel.

Peer haalt snuivend zijn neus op als hij de biscuit ziet. Zijn hoofd is enigzins rood aangelopen en zijn gulp maar voor driekwart dichtgetrokken.

Trudy schenkt de koffie in. 'Ik doe ze maar half vol, dan kunnen we straks nog een keer.' Op ieder schoteltje legt ze twee koekjes, schuin over elkaar heen. Ze vouwt de rol dicht en gaat zitten.

Peer staat op. Pakt omzichtig de tas met de lp van tafel, kucht. 'Zus, van harte gefeliciteerd met je verjaardag en nog vele jaren.' Hij maakt een buiging, kust Trudy op de wangen en overhandigt haar de tas. Hij ploft weer op de bank, benen wijd uit elkaar en hij knipoogt naar me. Ik kijk vlug naar Kees en Trudy voor ik terug knipoog.

'Wat is het?' Kees neemt een klontje suiker uit het schaaltje, tussen duim en wijsvinger, en doopt het langzaam in zijn koffie. Stopt het in zijn mond. Trudy trekt de plaat uit de tas. 'Een plaat. Dank jullie wel jongens.' Ze knikt eerst naar Peer en dan naar mij. Peer tikt uitnodigend tegen zijn wang. Trudy lacht en legt de lp naast zich neer. 'Gekke stoofpeer.' Vertederd geeft ze Peer een klapzoen.

Kees houdt een tweede klont precies in het midden boven zijn kopje en laat hem erin vallen. Ik hoop dat Trudy mij niet gaat zoenen, maar ze komt al om de tafel heen gelopen. Weer voel ik die onvriendelijke snorharen. Iemand met zulke haren mag Anne's moeder niet zijn.

Kees heeft de plaat opgepakt en bekijkt de foto van de vioolspelende zigeuners op de voorkant. Bekijkt de achterkant en zegt: 'Zozo. Een plaat met Hongaarse volksliedjes nog wel.'

Peer, die de biscuit van zijn schoteltje neemt, onderdrukt een zucht. 'Trudy is maar een keer per jaar jarig en daar moet je wat voor over hebben.'

Zijn mondhoeken krullen omhoog van de binnen-
pret en ik bijt op mijn lip om niet te lachen. Peer
slaat zijn zus op de knie. 'Wat jij Truud!'

'Au!' roept Trudy en Kees wijst direct naar het
plafond.

Het is stil boven. Trudy wrijft over haar knie.
Peer kijkt naar zijn schoenen, beweegt zijn voeten
op en neer, zijn mond een beetje open alsof hij
geluidloos een deuntje fluit. Misschien ziet Anne er
ook wel zo uit als ze slaapt, wanneer haar duim uit
haar mond is gegleden. Die ligt dan naast haar kin
op het kussen, nat van het speeksel, witroze.

Kees trommelt op zijn bovenbenen en werpt een
blik op de Friese staartklok die naast de eikehouten
servieskast hangt. De grote wijzer springt aarzelend
op vijf voor acht. Kees schraapt zijn keel: 'En hoe
gaat het met de studie jongens?'

'Goed.' Ik wil gaan vertellen dat we allebei dit
jaar nog maar twee hertentamens hebben gehad.
Maar Peer is me voor. Hij slaat zijn armen over
elkaar en trekt ernstige rimpels boven zijn neus. 'De
studie,' begint hij met een zware stem, 'is niet zozeer
de moeilijkheid. Daar slaan we ons met flink veel
discipline wel doorheen, nietwaar?' Dat laatste zegt
hij met veel nadruk en hij kijkt mij dwingend aan.

'Ja,' zeg ik dus tegen Kees en Trudy.

'De moeilijkheid,' vervolgt Peer, 'is de beurs.'

Kees neemt het lepeltje uit zijn koffie en krabt
met de steel achter zijn oor. Net als Trudy aanstalten
maakt daar iets van te zeggen, legt hij het weer
terug.

'De beurs. Dat is de eigenlijke moeilijkheid.'

Trudy draait zich naar Peer toe, woelt door zijn haar. 'Altijd wat anders.'

'En zelden wat goeds,' dreunt Peer alsof hij een les opzegt er verveeld achteraan.

Trudy trekt plagend aan zijn oorlel. 'Roomboter is er nou eenmaal niet bij voor studenten, broertje.'

'Halvarine kunnen we niet eens betalen,' bromt Peer onvriendelijk.

Kees grinnikt en zijn borst beweegt schokkerig, alsof dat grinniken diep uit zijn maag komt.

'Als dat zo is, moeten jullie het er maar van nemen als jullie hier zijn. Ik zal de zoutjes pakken.' Trudy strijkt haar joggingbroek van achteren glad en verdwijnt naar de keuken. Peer steekt zijn tong uit. Kees blijft grinniken.

'En toch zou ik het niet meer dan redelijk vinden, als ma ons zou sponsoren.'

Ik zeg dat hij niet zo hard moet praten en Peer richt zich tot Kees. 'Dat moet toch kunnen Jan, eh, Kees bedoel ik natuurlijk. Een klein bedrag, zo'n honderd of tweehonderd in de maand.'

Kees haalt zijn schouders op en zegt dat Peer dat maar aan ma moet vragen.

Peer wacht even, luistert ergens naar en gaat ver-\ der met gedempt stemgeluid: 'Je weet hoe ma kan zijn, Kees. Die denkt dat een brood nog een dubbeltje kost.'

Kees tikt met een onderzetter op de tafelrand.

'Ik had zo gedacht,' Peer steunt met zijn ellebogen op zijn knieën en fluistert nu, 'dat jij misschien een balletje bij ma op kon gooien. Jij begrijpt de beursproblematiek Kees, en ma neemt jou serieus.' Zijn ogen glinsteren gespannen.

'Hmmmm,' zegt Kees.

In de keuken wordt een kast opengetrokken en kraken foliezakjes. Peer kijkt chagrijnig voor zich uit.

Ik ken Peers gezicht door en door. Tenminste de afzonderlijke delen. De smalle kaken, de grote neus die een beetje naar links wijkt, de blauwe, langgerekte ogen die hij ook nog altijd half dichtknijpt, de lange sprieterige wimpers en de warrige bos dofbruin haar. Maar het geheel komt me altijd vreemd voor. Soms vraag ik me af of hij nou wel die ene leuke jongen was met dat vaalblauwe T-shirt, die in het begin van het studiejaar telkens voor me zat in de collegebanken. Ver over zijn tafel gebogen maakte hij aantekeningen, waardoor het shirt strak om zijn rug spande, zijn ruggegraat tekende zich duidelijk af en ik probeerde zijn wervels te tellen. De jongen met de mooiste ruwe plekken op zijn ellebogen die ik ooit had gezien. 's Morgens kleurde het zonlicht, dat tussen de hoge universiteitsgebouwen door het lokaal binnenviel, zijn haar vrolijk goudbruin, vooral de korte stekelharen in zijn nek. Een keer had ik die jongen aangetikt en om een pen gevraagd. Maar het hele uur had ik geen aantekeningen gemaakt omdat ik die pen niet goed durfde vast te houden. Het moet Peer geweest zijn. Ik zou niet weten wie anders. Maar als ik terugdenk aan die jongen, die mij half omgedraaid die pen aanreikte, heeft hij geen gezicht. En Peer bezit geen blauw T-shirt. Ook nooit gehad, zegt hij.

'Hoorde ik jou nou net iets roepen over ma die je moet sponsoren?' Trudy komt weer binnen met in de ene hand een schaal chips en in de andere een schaal pinda's.

'Geintje,' zegt Peer nors, 'puur een geintje.'

Trudy haalt haar schouders op en zet de bakjes op tafel. Ik pak wat chips en zuig erop, pas als al het zout eraf is en ze papperig zijn geworden slik ik het door. Behalve dat slikgeluid en het trage getik van de Friese staartklok is het stil in de kamer. Zo stil dat Kees en Trudy opgelucht lijken als bij de buren de achterdeur opengaat, iemand het tuinpad afloopt en er kippen beginnen te kakelen.

'Die kippen dat is me wat.' Trudy strekt haar benen. Ze graait in de bak pinda's, stopt haar mond vol en praat kauwend verder. Ze vertelt dat Anne gek op die dieren is, dat ze 's morgens altijd, als ze haar in zessen gesneden boterham met jam op heeft, de tuin van de buren in moet om de korsten en de kruimels aan de kippen te voeren. 'En als ik er niet op zou letten zou ze zo, in haar pyjama en op blote voeten, met bord en al de tuin in rennen,' lacht ze.

'Jaja. Die kippen die kippen, dat wil wat.' Kees schudt glimlachend zijn hoofd.

Als ik naar de keukendeur kijk zie ik Anne daar zo staan. In haar olifantenbadjas met in een hand het ontbijtbord vol klodders jam en de andere hand al uitgestrekt naar de deurklink, vol ongeduld wachtend op Trudy. Ik pak nog meer chips en eet te snel, het blijft in mijn keel steken en ik krijg een hoestbui.

Bij de buren gaat de deur weer open en dicht, de buitenlamp wordt uitgedaan. De kippen kakelen schreeuwerig door.

'Als ik een kip zie, denk ik altijd dat het iemands tante is.'

'Daar hebben we gekke stoofpeer weer.' Trudy gaapt achter haar hand.

Peer valt haar in de rede. 'Nee serieus. Kippen en tantes lijken toch op elkaar, associatief gezien bedoel ik.' Hij praat snel, alsof hij bang is dat hij de woorden zal vergeten voordat hij ze heeft uitgesproken, 'vinden jullie dat dan niet?'

Trudy gaapt nogmaals en Kees die zijn vingernagels bestudeert mompelt: 'Wiens tante.'

'Niet een bepaalde tante maar de tante in het algemeen.' Als niemand reageert vervolgt hij: 'Neem nou de kip in de tekenfilm, die wordt toch heel vaak als tante afgebeeld, met een handtasje en een doek om haar hoofd.' Gespannen kijkt hij ons om de beurt aan. Kees pakt een pinda, gooit hem omhoog en vangt hem in zijn mond op.

'Ze hebben ook altijd van die geelbruine korsten onder hun ogen.'

Kees gooit nog een pinda omhoog, probeert hem weer te vangen maar hij ketst tegen zijn boventanden en rolt onder tafel.

'Ik hoor het al weer,' Peer zucht en heft quasi wanhopig zijn handen omhoog, 'met jullie is geen normaal gesprek te voeren. Totaal geen benul van waar het in het leven om draait.'

Ik denk aan Peers kippen-act en moet lachen. Heel vaak als we gevreeën hebben doet hij aan het voeteneinde van het bed even een kip na. Hij wiebelt dan met zijn kont en schudt met korte rukjes zijn hoofd alle kanten op. Hij maakt een geluid dat volgens mij op dat van een eend lijkt maar dat volgens Peer de roep van een echte Hollandse leghorn is. Als hij terugkomt uit de badkamer, en een met lauw water natgemaakt washandje tussen mijn benen legt, zegt hij altijd dat ik maar eens mee moet gaan naar een kinderboerderij om te zien wie er gelijk heeft, dat ik als stadskind totaal geen verstand van dieren heb. Soms sjor ik hem midden in zijn betoog op bed, bijt in zijn tepels en we vrijen nog een keer. Het washandje gooi ik op de pick-up. Maar ik heb de kippen-act al zo'n twee maanden niet meer gezien omdat we zo lang al niet meer neuken. Peer zegt dat zijn hoofd er niet naar staat. Soms, als we een pornofilm kijken, beft hij mij en trek ik hem af. Ik hou niet zo van aftrekken, al dat plakkerige sperma aan je handen.

'Lach jij maar!' roept Peer die denkt dat ik vrolijk ben om wat hij net heeft gezegd, 'diep treurig is het, dat leeft maar en heeft geen idee'

'Ssssh sssssssh,' doet Trudy nog, naar boven wijzend, maar voordat Peer zich daar wat van aantrekt is het al te laat. Anne roept.

Venijnig bijt Trudy Peer toe: 'Nou dank je wel hoor.'

Peer zet zijn onschuldige grote ogen op en Kees zucht diep.

'Laten we gaan,' zeg ik. Met moeite, want mijn mond is droog. Peer luistert niet en Anne's geroep wordt harder. Trudy vraagt aan Kees wiens beurt het is, met een gezicht dat duidelijk te zien geeft dat het haar beurt is maar ze geen zin heeft. Kees staat traag op.

Ik sta ook op. Ik probeer zo rustig mogelijk te ademen, schud aan Peers schouder en zeg weer dat we maar eens op moeten stappen. Peer trekt ongeduldig zijn arm weg. Kees loopt de donkere hal al in, aan het einde glanzen de witte traptreden onvriendelijk. Peer roept: 'Hé Kees, laat ons anders maar, wij hebben haar tenslotte wakker gemaakt ook!'

Ik knijp mijn ogen stijf dicht en hoop dat hij dat niet heeft gezegd. Maar Kees komt de kamer al weer binnen, maakt een uitnodigend gebaar naar de trap. Trudy zegt enthousiast dat Anne dat leuk zal vinden, dat haar oom en tante haar welterusten komen zeggen. Voordat ik iets kan zeggen, springt Peer van de stoelleuning af en sleurt me aan mijn arm mee de kamer uit de hal in.

'Op naar de kleine muis!' roept hij.

'Vraag of ze haar judopak laat zien,' klinkt Trudy's stem nog en we gaan de trap op, ik lomp en zwaar achter Peer aan.

Peer slaat telkens een trede over en fluit een liedje dat ik niet ken.

Anne's geroep is in huilen overgegaan. Het is te schemerig op de overloop om elkaars gezicht nauwkeurig te kunnen onderscheiden, maar voor de zekerheid wend ik mijn blik af als ik zeg dat ik hier wel wacht, dat Anne misschien van mij schrikt. Nog voordat ik ben uitgepraat vraagt Peer geërgerd waarom ik altijd zo moeilijk moet doen. Hij zucht overdreven luid en zegt dat hij daar doodmoe van wordt.

'Dood-moe,' herhaalt hij met nadruk op allebei de lettergrepen. Hij perst zijn lippen op elkaar en loopt naar de deur waar het gesnik vandaan komt. En ik ga achter hem aan. Heel langzaam drukt Peer de klink naar beneden, zodat het nauwelijks hoorbaar is.

Ik staar naar de grond, de vloer van de overloop is bedekt met grijs tapijt. Peer tast om de hoek van de deur naar een lichtknop. Een smalle baan licht valt de overloop in. Valt over zijn ene schoen, die nu glimt, en over mijn pumps.

Anne is abrupt stil en Peer draait zich naar mij, legt een vinger voor zijn lippen, duwt de deur wijd open en stapt naar binnen. Hij loopt om de opengezwaaide deur heen, naar waar ik hem niet kan zien. Hij roept vrolijk: 'Hallo kleine muis! Hier is ie dan weer, je eigen ome Peer!'

Een bed piept en een neus wordt nog een keer langdurig opgehaald, dan klinkt een heldere kleinemeisjesstem. Wat Anne zegt kan ik niet verstaan. Peers antwoord wel: 'Goed zo!'

Ik krijg het koud en ik wrijf over mijn onderarmen. Ik moet naar binnen. Door de deuropening zie ik het zwartwit geblokte zeil en het behang op de muren: marcherende eenden met trommels voor hun dikke gele buiken. Ze kijken gniepig.

Anne lacht en zegt weer iets onverstaanbaars. Peer antwoordt: 'Wacht even kleine.' Voetstappen bonken op het zeil en plotseling staat hij voor me, in het tegenlicht. 'Wat doe jij nou weer,' zegt hij hard.

Vooral niet op de zwarte tegels staan, schiet door mijn hoofd als ik Anne's kamer in ga. Peer gooit de deur achter mij dicht. Ze zit rechtop in bed. Haar haren pluizig en in de war en een duim in haar mond. Ze lijkt op Peer, maar dan zachter, liever. Niet te lang kijken. Ik richt mijn blik op een van de poten van het mintkleurig geschilderde ledikant. Het gewicht van het bed maakt putten in het zeil. Bereken het aantal kilogrammen dat op elk van de poten rust, het juiste antwoord is vijftien punten waard. Ze heeft me al gezien. Ze fronst haar voorhoofd en haar onderlip trilt.

'Wat krijgen we nou,' Peer is naar haar toe gelopen en gaat naast het bed op zijn knieën zitten.

'Dit is Philippine, die ken je toch wel?'

Anne strekt haar armpjes uit en slaat ze om zijn nek. Ze draagt een groen hemdje en ik zie haar oksels. Ze drukt haar gezicht tegen Peers schouder,

'Zij moet weg ome Peer.' De 'r' spreekt ze niet uit zodat ze 'Peej' zegt. Peer strijkt over haar rug en kust haar op de haren. Die ruiken vast heel lekker, naar zoete babyzeep. De neuzen van mijn pumps staan op een zwarte tegel, de rest op een witte. Ik probeer te berekenen hoeveel voeten van mijn maat er op een tegel passen. Ik zeg tegen mezelf dat Anne een heel gewoon kind van vier is, dat er op de hele wereld geen gewonere kinderen van vier bestaan. Dat ze nog niet eens chocolademelk kan drinken zonder er een snor mee op haar bovenlip te maken.

Beneden gaat een deur open, iemand kucht en Kees roept met zijn zware stem van onder aan de trap: 'Lukt het jongens?'

'Ja,' roep ik snel terug. Te snel misschien, want Peer kijkt verbaasd naar me op, Anne heen en weer wiegend. Hij roept ook: 'Tuurlijk Kees. Ze gaat ons nu haar judopak laten zien!'

Kees bromt 'mooi zo' en de deur van de hal gaat weer dicht. Mijn schoenen knellen en ik verplaats mijn gewicht van de ene voet naar de andere en weer terug. Ik denk aan de schoenen die we hebben gekocht vlak voor sluitingstijd en die hier nu onder de kapstok staan. Er is een paar suède pumps bij. Opeens heb ik een ontzettende hekel aan die schoenen en ook aan die ik nu draag. Onvriendelijk zijn ze en opdringerig, met die messcherpe neuzen en die puntige hakken.

Anne zit op Peers knieën, een klein bleek kinderbeen bengelend aan elke kant. Ze lacht naar hem. Peer houdt haar vast bij haar onderarmen, zijn handen zijn zo groot dat hij wel twee van die kinderarmpjes tegelijk zou kunnen beetpakken met een hand. Hij buigt naar haar toe tot hij met zijn neus tegen haar neus drukt en vraagt of hij haar judopak mag zien. Anne knikt en Peer tilt haar van zijn schoot. 'Hopla kleine muis.'

Anne rent door de kamer, langs mij, naar de commode onder het raam. Haar groene hemd reikt tot over haar billen. Ze bukt om een lade open te trekken en ik zie dat ze een slobberig badstof onderbroekje draagt. Ze grist een witte bundel uit de la en rent weer terug naar Peer. Het hemd verschuift, door het armsgat is een stuk bovenlijf te zien met een kleine tepel.

Peer draait het hemd goed en zet haar op het bed. Haar voeten staan op een geruite wollen deken, dat kriebelt vast. Voeten zonder eelt nog, misschien een beetje rimpelig omdat ze voor ze naar bed is gebracht in bad is geweest. Met een blauwe plastic olifant. En ze heeft gehuild toen Trudy hardhandig haar haren waste en er shampoo in haar ogen kwam, fantaseer ik.

Anne staat nog op het bed, wiebelend, haar judobroek aan te doen. Peer houdt haar met beide handen om haar middel vast. Ingespannen, met een rood aangelopen gezicht, strikt ze het koord vast, dat door de broeksband is geregen. Ze springt een paar keer op het matras, met die veel te wijde broek rond haar smalle heupen. Peer knikt haar toe en legt een hand in haar nek. Anne pakt de dikke katoenen judojas van het hoofdkussen, doet hem aan en knoopt er een gele band omheen. Trots en afwachtend staat ze daar op het krakende bed, en als Peer haar niet vast had viel ze om.

'Mooi hoor. Mooi hoor kleine muis.' Peer wendt zich naar mij: 'Nou?' Het klinkt ongeduldig.

'Ja,' zeg ik, maar veel te schor en niet te verstaan. Want die judokleren zien er zo stug uit, veel te stug en hard voor dat kleine zachte lichaam, en ik wil zeggen dat ze ze uit moet doen. Ik wil haar strelen, zoenen en likken, overal waar dat lelijke judopak haar heeft aangeraakt. Peer kijkt me nog steeds aan. 'Nou,' herhaalt hij.

Ik ruik mijn eigen transpiratie, in dunne straaltjes kruipt het vanonder mijn oksels naar mijn zij. Ik wil naar buiten. Mijn hakken zijn weer in het zeil gezonken, veel dieper nu en ik kan me niet bewegen. De eenden op het behang lachen, schaterlachen, slaan met hun vleugels op hun knieën, ze zijn overal en overal is Anne. Ik doe mijn ogen dicht en hoor de woorden alsof iemand anders ze zegt: 'Ja heel mooi.'

'En in de houdgreep!'

Als ik mijn ogen open en langzaam tot drie tellend in en uit adem, zwaait hij Anne in het rond. Hij maakt kleine passen om zijn as en heeft haar onder haar armen beet. Anne giert het uit en de uiteinden van de gele band slierten achter haar aan door de lucht.

'En in een andere houdgreep!' Peer draait de andere kant op, zo snel dat hij bijna over zijn eigen voeten struikelt. Een elastiek met twee oranje balletjes eraan, dat klaarblijkelijk verborgen zat in Anne's haar, schiet plotseling los, scheert door de lucht en valt voor de commode op de grond.

'Haia! Kamikaza!' brult Peer, slingert haar nog een paar keer rond en zet haar neer. 'Zo,' hij veegt zijn voorhoofd af aan zijn houthakkershemd, 'en nu is het bedtijd.'

Maar Anne wil niet. Ze stampt met haar voeten en sjort aan Peers mouwen. 'Nee ome Peej, nog een keejtje, ome Peej, nog een keej.' Peer tilt haar op, haar billen op zijn onderarm en met een stem die zo vriendelijk is als ik in tijden niet van hem heb gehoord, zegt hij dat hij moe is. Anne trekt een pruillip. Peer fluistert iets in haar oor. Hij wijst naar mij en fluistert weer iets.

'Vraag maar,' zegt hij aanmoedigend.

Anne schudt heftig nee. Peer kust haar op haar neus.

'Vraag maar. Ze wil vast wel even.'

Anne drukt haar gezicht, al mompelend, tegen Peers borst.

'Wat?' vraagt Peer.

'Tante Pien is stom,' klinkt het daarna duidelijk.

Tante Pien is stom. Ik schrik niet eens als ik dat hoor. Natuurlijk is tante Pien stom en dik en lomp. Tante Pien is een volgzame trut.

'Nou,' zegt Peer opgewekt terwijl hij met Anne op zijn arm naar het bed loopt, 'dat weten we dan ook weer.'

Peer heeft haar in bed gelegd terwijl ik op de overloop wachtte. We lopen de trap af. Ik hou me vast aan de leuning en Peer gaat fluitend, een hand in een broekzak, voor me uit. Onderaan blijft hij wachten tot ik ook beneden ben.

'Laten we zo gaan,' zegt hij zacht. Zijn adem ruikt naar koffie. Als ik geen antwoord geef zegt hij erachteraan: 'Dus begin niet weer een van je ellenlange zeikverhalen.' Hij knipoogt en knijpt door mijn trui heen in mijn borsten, drukt zijn hoofd ertegen en bijt erin. 'Ik geloof trouwens dat ik wel weer eens zin begin te krijgen.' Meteen daarop duwt hij de deur naar de huiskamer open. Hij heeft een klodder speeksel op mijn trui achtergelaten, ik veeg het weg. De televisie staat aan. Kees zit op de bank en bladert in de gids. Vragend kijkt Trudy naar Peer.

'Fluitje van een cent. Ik heb d'r eerst moegejudood, die slaapt zo als een blok.'

Peer werpt een blik op de klok. Ik wil al naar de kapstok lopen maar Peer maakt met een dwingende blik duidelijk dat ik moet gaan zitten. Quasi vrolijk en ontspannen begint hij een gesprek: 'Hé zus, je hebt nog niets over je verjaardag verteld! Wie waren er allemaal en was het gezellig?'

Trudy en Kees babbelen om beurten wat, elkaar

soms bij- of in de rede vallend. Ik luister of er nog geluiden van boven komen. Maar omdat ik daar onrustig van word probeer ik me op de verhalen van Trudy en Kees te concentreren. Ze hebben van iemand een fles slivovitsj gekregen. 'Dat is sterk spul hoor,' zegt Kees, 'nou.'

Trudy vertelt opgewonden over de buurvrouw van een paar huizen verderop die een teckeltje had meegenomen. 'Hij blaft heel venijnig maar het is een lief beest, daar hoor je mij niet over. Maar hij had een wond aan zijn poot, hier,' ze wijst naar haar wreef, 'je zag het bloed en de pus door het verband heen komen. Jij zag het toch ook Kees?' Kees knikt.

'Dus ik wilde dat dier niet binnen hebben. Al dat wondvocht aan mijn bankstel zeker, nou dank je wel. Toen werd ze boos. De bloemen heeft ze de gang in gesmeten. Ik heb ze gewoon opgeraapt en in een vaas gedaan. Zonde toch.' Op het dressoir staat een bos roze asters. 'Die gaan wel drie weken mee.'

Peer kijkt weer op de klok. 'Wat een consternatie allemaal,' zegt hij en staat op, rekt zich zo ver uit dat zijn overhemd wordt losgetrokken uit zijn broek. 'We gaan er maar weer eens vandoor. 't Was weer ouderwets gezellig zus.' De Philippine-trut knikt.

'Mooi zo.' Trudy zet de kopjes en de halflege zoutjesschalen op het dienblad. Ze tilt het op, zuigt haar wangen naar binnen en blijft zo staan, in gedachten. Kees raapt een pinda van de grond, bekijkt hem van alle kanten en stopt hem in zijn mond. Trudy wrijft over haar kin en de kopjes rinkelen op het dienblad. 'Willen jullie echt niet nog iets drinken.' Het klinkt alsof ze geen antwoord verwacht.

'Nee bedankt lieve zus, je bent een kei van een gastvrouw.' Peer steekt zijn hand op naar Kees, die lacht om iets wat op tv gebeurt en ook zijn hand opsteekt. Trudy loopt met ons naar de hal. We trekken onze jassen aan en pakken onze spullen die tegen het kraanwagentje staan. Het valt me nu op hoe lelijk dat wagentje is. Slordig geschilderd, de nerven van het hout schijnen door de rode verflaag heen, en van de reflector achterop is een grote hoek afgebroken.

'Zozo,' Trudy knikt met haar hoofd naar al onze tassen.

'Boeken, boeken, boeken,' zucht Peer met langgerekte 'oe's' zodat de woorden zelf al loodzwaar klinken. Hij heeft twee tassen in een hand en met de andere knoopt hij zijn jack dicht, 'dat is het leven van een student zus.' Opeens schijnt hij iets te bedenken, murmelt 'wacht even' en loopt vlug terug naar de kamer. Ik hoor hem praten tegen Kees, door Engelssprekende televisiestemmen heen. Hij komt de hal weer in. Zoent Trudy op de wangen. Ze zoent mij ook en ik probeer haar snor niet te voelen.

Als we op de stoep staan zegt Trudy: 'Tot ziens maar weer jongens.' Voegt daar haastig aan toe dat ze de kou niet in huis wil halen en slaat de deur dicht. Bijna tegelijkertijd floept ook het licht in de hal uit.

Buiten ruikt het fris, naar aarde, alsof het net heeft geregend, ik adem diep in en door de kilte begint mijn gezicht te tintelen. We lopen het tuinpad af. Ik kom hier nooit meer.

'Dat was dan weer dat.' Peer slingert de tassen

heen en weer, zijn rug is een beetje gebogen en zijn schouders hangen naar voren. Natuurlijk fluit hij, maar het is geen melodie, alleen lang aangehouden, lage trillende tonen. Hij passeert een lantaarnpaal, slentert door dat warmgele schijnsel op die nette schoenen die helemaal niet bij hem passen, en ik kijk tegen die smalle rug aan, die toch dezelfde moet zijn als die ik begin dit jaar in de collegezaal heb gezien. Ik wil 'Peer!' roepen, ik wil dat hij zich omdraait, me beetpakt, nu. Ik zeg niets en Peer steekt de straat al over. Het ingepakte konijn in mijn jaszak knispert bij elke stap.

De tramhalte is leeg. We wachten onder het afdak. Peer zwaait de tassen nog steeds heen en weer en iemand heeft met zwarte verf 'Dood en Spelletjes' op de zijkant van het tramhuisje gespoten.

'Ik heb Kees net nog even gevraagd om bij ma wat los te bietsen,' zegt Peer triomfantelijk.

Een meisje met een licht ski-jack komt voorbij. Ik denk dat ze bij ons in het studiejaar zit maar ik weet haar naam niet.

'Jij doet ook de hele avond geen bek open hè?'

Ik doe de hele avond geen bek open. Tante Pien doet de hele avond haar bek niet open want tante Pien is stom.

'Na die telefooncelshow zit er eigenlijk niet veel meer bij.' Peers stem heeft een dreigende toon.

De telefooncelshow. Tante Pien die Peer in een telefooncel pijpte. Het was in een smalle steeg, tussen het buurthuis en het postkantoor. We kwamen uit het park, hongerig en sloom van een hele dag zonnen. Ik had een walkman op met het bandje Romantic Lovesongs part 3, dat Peer voor mij in V&D had gejat. 'Weet je wat we doen,' zei Peer toen we de telefooncel passeerden, 'we bellen Domino's voor pizza's zodat die precies arriveren als we thuiskomen en we bellen gelijk ma om wat geld los te pulken.' Ik zette mijn walkman af en luisterde mee. Peer bestelde eerst bij Domino's een tonijn- en een salami-pizza en belde daarna zijn moeder. Hij vertelde haar dat we allebei ons tentamen hadden gehaald, vroeg of ze nog lekker in de zon had gezeten die dag, en meldde daarna terloops dat we blut waren, niet eens meer genoeg hadden om een aantal hoognodige studieboeken aan te schaffen voor een heel zwaar tellend volgend tentamen. Het derde kwartje verdween rinkelend in het muntenreservoir. Ik gebaarde dat hij het niet veel langer moest maken, straks stond de pizzaboy al voor de deur.

Met die pizza's ging het altijd hetzelfde. Peer zegt: 'Haal jij even de cola schatje,' en eet dan snel bijna alle salami van mijn pizza.

Ik zette mijn walkman weer op en luisterde naar Dolly Parton's 'Everything I ever wanted in life, is what you are'. Maak je niet druk over die salami, scheen zij te zingen, die is bij Domino's toch vaak van inferieure kwaliteit. Vecht voor je liefde, geef alles wat je hebt.

In een strijdvaardige roes knoopte ik Peers jas los en trok in een keer zijn joggingbroek en zijn boxershort naar beneden. Ik ging voor hem op de grond zitten. Ik had een korte rok aan en de stenen vloer voelde onaangenaam koud tegen mijn blote knieën.

Met mijn tong maakte ik slakkesporen over zijn dijen en zijn pik kwam langzaam overeind toen er een vrouw met een hond passeerde. Het dier snuffelde aan de celdeur en tilde zijn poot op. De vrouw zag ons, haar ogen werden groot en ze trok hard aan de lijn. Het geluid van de tegen haar hielen kletsende slippers weerkaatste hol in de steeg en overstemde Dolly's wegstervende stem. Peers pik neigt van mij uit gezien naar rechts, ook als hij stijf is, en er kronkelt een dikke ader van zijn zak tot vlak onder zijn eikel, die ader ligt zo vlak onder de huid dat het eng is. Ik ging verder, hoorde mezelf, nu de muziek afgelopen was, likken en Peer onderdrukt hijgen. Net toen hij zijn moeder gedag had gezegd kwam hij klaar.

'Jezus,' zuchtte hij en keek omlaag naar mij. Ik slikte, hoe vies ik het ook vond, alles door en stikte bijna in een haar.

Maar op zo iets kon je natuurlijk niet eeuwig teren.

'Ik begon net weer zin te krijgen om met je naar bed te gaan. Maar bij nader inzien denk ik er nog maar eens goed over na.' Hij slaat met de tas vol stripboeken hard tegen de bank waarop ik zit. In de verte nadert de tram. Als hij vlak bij de halte is, zodat ik het grijze haar van de bestuurder kan onderscheiden, knijp ik hard in het konijn, zo hard dat mijn vingers door de verpakking heen scheuren.

Peer stapt in. Tast, staande naast de bestuurdersplaats, in zijn jaszak naar een tramkaart. Links, in de verte, loopt het meisje dat ik denk te kennen, haar ski-jack zo groot als een vingernagel nu. Peer kijkt zoekend rond waar ik blijf; wenkt me. Ik pak de tas met schoenen op, die aanvoelt alsof er minstens tien paar zware laarzen in zitten.

Het zilveren theeëi

Hij luistert naar het ademen van zijn vrouw, Selma. Eerst is het zacht en regelmatig, dan zucht ze alsof ze wakker is. Dennis richt zich op en tuurt door de schemering naar het donkere bergje op het bed tegenover hem. Het draait zich om en snurkt. Het dikste, uitstulpende deel dat zijn kant op wijst, dat zijn Selma's billen.

Hij huivert en trekt het laken over zijn gezicht, geniet van het licht naar zeep geurende katoen tegen zijn mond en neus.

Het liefst zou hij op zijn tenen naar Selma toe sluipen. Hij moet dit voorzichtig denken, anders wordt ze wakker. Met ingehouden adem de dekens weghalen, haar broekje wegschuiven en die lome witte billen met zijn vingers uit elkaar duwen. Er trekt een rilling door hem heen, hij legt een hand om zijn geslacht en probeert te bedenken wat hij bij Selma naar binnen zou willen duwen.

Het piepen van een tuinhek verstoort zijn gedachten. Een gedempte stem roept 'Tarzan, Tarzaaaan.' De buurman met Tarzan. Curieus. Zeven uur kan het nog lang niet zijn, op die tijd gaat de buurman steevast een rondje met zijn hond. Dennis en Selma zitten dan aan de ontbijttafel en zwaaien naar hem. Met ingang van vandaag gebeurt dat natuurlijk niet meer, nu de buurman hem gisteren de deur heeft gewezen.

Dennis kijkt naar de roodverlichte cijfers van de wekker naast zijn bed. Vijf uur elf. Dennis is gespannen. Dit roept vragen op. Daar kan hij zich beter mee bezig houden dan met wat hij allemaal in Selma zou willen stoppen, dat mag toch nooit meer.

Op een zondagmiddag eind vorige zomer, knipte Dennis zelf zijn heg. De Marokkaanse jongen die dat normaliter voor een schijntje deed—zo'n onwaarschijnlijk schijntje dat Dennis vermoedde dat de jongen illegaal was—had hij ontslagen op verdenking van het stelen van een multifunctionele blikopener. Zijn nieuwe overbuurman, die zich een paar weken eerder in het voorbijgaan had voorgesteld, was aan de overkant van het pad met hetzelfde karwei bezig.

Dennis sloeg een zwerm muggen uiteen die krioelde en zoemde rond de heg. De zon was al onder, de lucht was lichtpaars met oranje erdoorheen geklauwd, maar het was warm, benauwd bijna, de keukendeur stond open en Selma's silhouet zag je, door het kralengordijn heen, bij het fornuis staan. Ze zong en rammelde met pannen.

'Balen of Baden in Weelde begint zo,' zei de buurman.

Dat was een spelshow op de tv. De winnaar won behalve de zelf in de wacht gesleepte prijzen ook alles wat de verliezer had verzameld en de verliezer kreeg niets. Dennis en Selma namen het altijd op omdat Selma op een ander net Teleac-cursussen volgde.

'Ja, ijzersterk is dat hè? Wij nemen het altijd op.'
Dennis knipte flink door, liet zien dat hij een harde
werker was. Waarschijnlijk had hij al zo'n mooie
grote transpiratievlek op zijn rug waar de buurman
nu schuin tegenaan keek.

'Ja, wie heeft er tegenwoordig niet de geneugten
van een videorecorder,' de buurman veegde met zijn
wijsvinger nauwkeurig de bladen van de heggeschaar
schoon.

Wat een viezerik, dacht Dennis, hijzelf ging dat
straks met een oude dweil doen, net zoals de
Marokkaan dat van hem had gemoeten. De buurman veegde zijn vinger af aan zijn broeksnaad.
'Huren jullie veel video's?'

'Actiefilms voor mij en romantische films voor
Selma. Alles wat nieuw binnenkomt op dat gebied
neem ik mee uit de zaak.' Dennis knipte zo fanatiek
dat hij een beetje draaierig werd. Het was nog steeds
zo warm dat de lucht in de verte boven de weilanden trilde. Hij hoopte dat ze soep aten, lekker veel
maggi erin want zout is goed bij veel vochtverlies.

'Zaak?' Quasi nonchalant stapte de buurman uit
zijn overall en vouwde hem keurig netjes over zijn
arm. 'Actiefilms? Actie met of zonder kleren?'

Dennis voelde dat de buurman hem gadesloeg.
Hij wierp een blik op de keuken, zag Selma bij de
gootsteen staan en hoorde haar de kraan opendraai-
en. Fluisterde: 'Zonder kleren dat kan Selma niet
waarderen. Dus dat kijk ik alleen als zij avonddienst
heeft.'

Een brede grijns verscheen op de buurmans
gezicht. Hij keek ook eerst naar de keuken en fluis-

terde terug: 'Moet je eens bij mij langs komen, ik heb wel wat leuks voor je.'

Dennis knikte en stak zijn duim op. Dat leek wel een code, zoals je die als kind had bij alle geheime Indianenclubs waar hij lid van was geweest. De buurman had hem, als om hun verbond te bekrachtigen, nog steeds grijnzend, een sigaret aangeboden uit een door veelvuldig gebruik glad geworden leren doosje.

Zo was het begonnen met het af en toe samen bekijken van onschuldige sex-films, in het aangename gezelschap van Maria.

Het tuinhek gaat weer open, verder hoort Dennis niets. Opgewonden schiet hij in zijn sloffen en schuift het gordijn opzij. Het is donker, hij kan alleen wat bosjes onderscheiden en de huizen aan de overkant. Bij de buurman brandt het buitenlicht, een halve geeloranje bol naast de deur. Misschien heeft hij zich in de tijd vergist. Misschien loopt de wekker niet goed. Zo zacht mogelijk zijn gewicht van het ene been naar het andere verplaatsend beweegt hij zich naar Selma's kant van de kamer. Hij botst tegen een stoel aan en onderdrukt een vloek, de stoel kantelt naar achteren en de trui die Selma bij het uitkleden nonchalant op de zitting heeft gegooid, glijdt eraf. Dennis kan de stoel nog net opvangen. Goed gedaan. De trui raapt hij niet op, dat doet ze zelf maar.

Hij pakt haar wekker, moet daarvoor eerst het snoer om een tafelpoot vandaan wikkelen. Op dat tafeltje ligt haar boek-voor-het-slapen-gaan. Ze leest er nooit in, ze leest helemaal nooit een boek. Totaal nutteloos dat boek en dat tafeltje.

Het is moeilijk te zien; Selma heeft een wekker met wijzerplaat. Hij spant zich in om iets te onderscheiden, krijgt het warm. Idioot die wijzerplaat, hij is nog nauwelijks begonnen of hij wordt al gestoord in zijn onderzoek door zo'n debiele wekker. Morgen gooit hij hem weg. 'Het is een cadeau!' zal Selma roepen, 'een cadeau van mijn moeder!' Dat weet hij, daar was hij bij dus dat hoeft ze niet te zeggen. Daarbij is het natuurlijk geen steekhoudend argument; alles mag je weggooien, ook cadeaus. Die moeder bezorgt hem nog eens een trauma, hopelijk maakt ze het niet al te lang meer.

Uiteindelijk, het wekkertje vlak voor zijn ogen heen en weer draaiend om ook maar het minste beetje licht op te vangen, onderscheidt hij de wijzers. Twintig over vijf. Meteen spitst hij zijn oren weer. Het is windstil. Het tuinhek piept. Een vreemde opwinding overvalt hem, hij slikt wat speeksel weg, trekt met klamme hand het gordijn weer een stukje opzij. Het tuinhek van de buurman is schuin tegenover het hunne. Er beweegt niets. Dennis' ademhaling zit hoog en gaat sneller, hij durft zijn gezicht niet te dicht bij de ruit te brengen, want dat zou je van buitenaf als een bleke vlek kunnen zien. Een panty. In de haast stoot hij zijn kleine teen heel hard tegen de stoelpoot, deze keer kan hij een kreet niet onderdrukken. Die rotstoel moet ook het huis uit. Op de tast graait hij in de onderste la van Selma's kledingkast, waar ze panty's en broekjes bewaart. Hij vindt alleen maar broekjes, en behalve de kanten en de gladde glimmende waar hij zo van houdt ook katoenen, zo te voelen. In jezusnaam!

Katoenen ondergoed! Dat Selma dat droeg wist hij helemaal niet. Het begint met dit soort relatief onschuldige dingen, maar straks was het einde zoek.

Waar zijn die rotpanty's. Misschien moet het licht aan. Dan wordt Selma wakker. Nee, beter van niet, het is straks weer vroeg dag voor haar. Daarbij moet hij dan verklaren wat hij aan het doen is; dat hij uit wil vinden wat de buurman in zijn schild voert. En dan gaat ze natuurlijk vragen stellen.

Hij heeft geen zin om al die andere laden ook nog overhoop te halen. Pakt iets dat hij herkent als een zwartkanten slip uit de la en trekt die over zijn hoofd. Het elastiek strak onder zijn kin, achter zijn oren en halverwege zijn schedel. Het kruis over zijn voorhoofd en zijn neus. Snel gaat hij weer bij het raam staan. Nu durft hij zijn gezicht plat tegen de ruit te drukken, het voelt koud en klam door het slipje heen. Hij kijkt zo ver mogelijk links en rechts, doet onwillekeurig toch een stap achteruit als hij een meter of tien bij het hek vandaan twee personen denkt te zien die zich richting parkeerplaats bewegen. Hij herinnert zich dat hij gecamoufleerd is en komt heldhaftig weer naar voren. Niets. Hij weet ook niet precies meer waar hij moet kijken. Zag hij die struik voor een persoon aan? Nee, overweegt hij, daar was het niet. Hij tuurt tot hij pijn heeft aan zijn ogen. Opeens ziet hij dat het buitenlicht bij de buurman uit is. Weer aarzelt hij of hij Selma wakker zal maken. Soms zegt ze onverwacht iets zinnigs. Maar het risico is te groot dat er iets boven tafel komt wat ze voor haar eigen bestwil beter niet kan weten, ze is zo snel van haar apropos. Vijf uur vijfenvijftig. Het hoopje onder de deken snuift en pruttelt zacht en vredig. Over een uur moeten ze al op.

Buiten is de pikdonkere nachtlucht aan het verdwijnen, maakt plaats voor een grimmig groenblauw. Vogels kwetteren plotseling volop alsof er een teken is gegeven.

Hij legt de onderbroek terug, ziet dat hij in de la een wanorde heeft veroorzaakt, alleen in de achterste hoek ligt nog een stapel recht. Onderbroeken opvouwen begint hij niet aan. Hij gaat op bed liggen, op de deken, handen onder zijn nek gevouwen, besluit te wachten tot de wekker gaat. Licht dat binnenvalt langs het halfopen gordijn geeft alles langzaam zijn dagelijkse kleur; het tapijt wordt blauw en Selma ligt nu onder een oranje deken. Haar blonde haar groeit uit; bovenop is het bruin.

Hij moet toch in slaap zijn gevallen. Selma staat al onder de douche en zingt.

Hij stelt zich voor hoe hij met Maria een keer in de badkamer van de buurman stond. Strak en bruin lichaam, hij likt water uit haar navel en schaamhaar, het smaakt naar dennenbos-doucheschuim, heel vies maar zij vindt het romantisch. Je moet er wat voor over hebben om je zin te krijgen. Straks neemt hij haar van achteren terwijl ze zich vasthoudt aan de wastafel, haar fantastische kont uitnodigend zijn richting op. De buurman stond met een kwispelende Tarzan in de deuropening.

Maar eerst duwde hij dingen bij haar naar binnen. Zij was ermee begonnen, demonstreerde het aan de hand van een fles ketchup toen de buurman spaghetti had gekookt en Dennis bleef eten omdat

Selma avonddienst had. De buurman en hij waren meteen enthousiast. 'Die Philippijnsen tonen tenminste initiatief,' de buurman stootte Dennis aan terwijl Maria de fles een paar keer heen en weer bewoog. Ze trok hem grinnikend terug, draaide de dop eraf en goot een flinke plens ketchup over haar spagetti. 'Maar ze heeft het van geen vreemde,' vervolgde de buurman, 'je zou die moeder ook eens te keer moeten zien gaan.'

Dennis vond het spannend om haar pijn te doen, met een fles shampoo bij voorbeeld. Als ze 'auau' en iets onverstaanbaar Philippijns riep, gaf hij de fles nog een extra zet. De anti-roosshampoo had hij op die manier behoorlijk ver naar binnen gekregen; tot aan de kleine blauwe letters die zeiden dat het elke dag te gebruiken was. Een keer trok hij na gegil van Maria de fles terug en zat er bloed tussen de groeven in de dop, hij was geschrokken maar zijn geslacht werd zo mogelijk nog harder. Tubes tandpasta waren ook goed, tenminste als ze van metaal waren en een harde hoekige rand aan de onderkant hadden. De buurman had alleen tandpasta in zachtplastic verpakking; daar hadden ze niets aan, daarom had hij een metalen tube van thuis meegenomen.

Kleine dingen naar binnen duwen die ze pas later zou bemerken vond hij ook mateloos opwindend, zoals Selma's schuifspeldjes of een oorbel die hij op straat had gevonden. Beneden in de huiskamer ging Maria op de Schots geruite bank liggen, spreidde haar benen en ging met haar vingers naar binnen om te zoeken. Hoe langer ze erover deed om het object te vinden, hoe opwindender de buurman en hij het vonden.

Jong en soepel was Maria en hij hield zelfs van de puberwratjes op de knokkels van haar linkerhand. Mijn complimenten Dennis, zegt hij tegen zichzelf, dat je weet dat het haar linkerhand is en niet haar rechter. Geel stond haar goed, was ze net een lekker geil dom kuiken. Maar wel heel jong, schandalig jong eigenlijk.

Zijn eikel glanst hem roodpaars tegemoet en hij twijfelt of hij zich af zal trekken of niet.

'Schiet je op schat,' galmt Selma uit de douche.

Hij schrikt op uit zijn gedachten en kijkt hoe laat het is, kwart over zeven geweest; er zijn belangrijker dingen te doen nu dan zichzelf bevredigen, hij schiet uit bed, stampt op blote voeten de trap af en rent de huiskamer in, naar het raam. Haastig trekt hij aan de koorden van de luxaflex, ze doen hem bijna nooit naar beneden, er loopt toch nauwelijks iemand over het pad achter hun huis, en natuurlijk blijft het ding nu steken. Hij rukt nogmaals flink. De strips zakken en hij draait ze zo goed als dicht zodat de buurman niet bij hen naar binnen kan kijken.

Bij de buurman zijn alle gordijnen dicht. Het lijkt Dennis dat er aan de linkerkant snel een gordijn wordt rechtgetrokken in de buurmans slaapkamer. Hij is boven alleen in de badkamer geweest, maar hij gaat ervan uit dat de buurman zijn huis net zo heeft ingedeeld als zij, dat is het meest praktisch en ook zo aangegeven op de bouwtekeningen.

'Dennis,' Selma steekt haar hoofd door het trapgat, 'heb jij in mijn kledingkast gerommeld, de onderste la?'

'Ja.' Hij denkt aan die scène uit de schemerige

video die hij vorige week bij de buurman had gekeken. Een bleek geblinddoekt jongetje van een jaar of elf was horizontaal aan kettingen opgehangen. Dat kon overal zijn opgenomen, uit de ruimte kon je niets afleiden. Close-up verscheen er een grote schaar in beeld. De bladen, dof met hier en daar een roestvlek, sloten zich langzaam boven een tepel. Openden en sloten gedeeltelijk een paar keer als om op te starten. Meteen switchte de camera daarna naar het wild heen en weer bewegende hoofd van het jongetje, de mond opengesperd. Onder deze video zat geen geluid. Hij kon het natuurlijk niet met zekerheid zeggen, maar hij had gemeend die schaar te herkennen als de buurmans heggeschaar. De buurman kreunde met omfloerste ogen, 'Kijk nou hoe dat prinsje zijn verdiende loon krijgt, dat wreedmooie engeltje. Wat dacht je er trouwens van om dit soort banden in jouw zaak te verkopen? Onder de toonbank natuurlijk. Ik garandeer je, men vreet dit.'

'Neeneeneenee,' Dennis hief afwerend en geschrokken een hand op, 'ben je helemaal gek, dat is geen frisse business, totaal illegaal.' Deze reactie leek de buurman niet te bevallen, met half dichtgeknepen ogen staarde hij Dennis aan. Trok aan zijn sigaret.

Half schertsend merkte Dennis op: 'Dat was toch jouw heggeschaar, niet?'

'Natuurlijk niet, debiel,' beet de buurman hem toe en tikte met een nijdig gebaar zijn as in een plantenbak. 'En als het je niet bevalt, opsodemieteren graag.' Een glimlach, maar zijn ogen stonden hard.

Gisteren, toen hij bij de buurman aanbelde, deed de buurman de deur niet eens van de ketting, hij zei dat hij het voortaan op zondag heel druk had. Hij had 's maandags een bijspijker-informaticacursus, verplicht voor het hele middenkader op zijn bedrijf. 'Maria heb ik ook naar haar moeder moeten sturen, helaas. En als je me nu wilt excuseren, ik moet me verschonen. Ik bel je wel wanneer je weer kunt komen.'

Vuile leugenachtige kankerlijder, lag Dennis op de tong maar hij groette beleefd en liep met rechte rug het tuinpad af. Hij keek niet om tot hij bij zijn eigen tuinhek was en merkte dat de buurmans gordijnen ongewoon veel licht doorlieten.

Binnen haastte hij zich naar het raam. Je zag dat licht duidelijk tussen de bomen door. Opgewonden wenkte hij Selma.

'Een leeslamp met heel veel watt, hij moet toch studeren vanavond zei je?' Een oog hield ze op de televisie gericht. Een presentatrice zei 'ten oosten van de Yangtze Kiang zien we hetzelfde patroon. Ook daar zegt de oorspronkelijke bevolking bij een eerste kennismaking...' Een lachend Chinees vrouwtje verscheen in beeld en zei iets. 'Wel verdomd, als ik het niet dacht,' Selma liep terug en ging weer zitten in de fauteuil voor de televisie. 'De ui-klank is meer een oe.'

Dat was geen leeslamp, dat was een filmlamp, zo zeker als wat.

Niemand die hem zomaar de deur wijst. Hij gaat die band waar Maria op staat pikken, vandaag nog.

'Hoezo, waarom heb jij tussen mijn ondergoed gerommeld.' Met een schalkse lach komt Selma een paar treden de trap af, een handdoek om haar lichaam gewikkeld, de uiteinden boven haar borsten in elkaar gedraaid. 'Had je fantasietjes.'

'Ja,' hij blikt schuin naar het huis van de buurman, 'schat, heb jij de buurman nog met de hond gezien net?'

'Nee.' Flink met haar billen draaiend onder de handdoek en haar haar naar achteren schuddend bestijgt ze de trap weer, 'opschieten schat. We zijn laat. Pretjes vanavond weer.'

Dennis slurpt, met zijn jas al aan, van zijn koffie. Selma smeert bij het aanrecht haastig boterhammen voor in zijn lunchtrommel, belegd met kaas en ananas uit een blik dat ze opendraait met de dure opener waarvan ze dachten dat de Marokkaanse tuinier die gestolen had. Dezelfde dag dat ze hem naar huis stuurden—wat Dennis in een pose deed waarin hij zich een natuurlijk leider had gevoeld: wijdbeens op de stoep staand, met gestrekte arm en priemende wijsvinger—had Selma het ding weer gevonden, in de wasmand. 'Oeps,' giechelde Selma, 'hij zat nog in mijn vuile schort, stom hè?'

Acht boterhammen op een stapel snijdt ze doormidden; een handpalm drukt op de bovenste snee, met de andere hand zaagt ze de hele stapel in een keer door en tegelijk leest ze de advertentiepagina in de krant. Het eerste katern heeft Dennis al in zijn tas.

'Dennis, hier staat een advertentie voor de verhuur van olifanten en kamelen! Wie huurt er nou olifanten en kamelen! Dennis,' over haar schouder kijkt ze hem aan, 'Dennis laten wij een olifant huren! Laten we iets wilds doen, iets totaal wilds, laten we een olifant huren!'

Nu weet hij het zeker. Daar achter die gesloten gordijnen bewoog iets. Zijn beker klettert hard op het tafelblad en hij beent naar het raam.

'Dennis wat is er, zie je iets, wat zie je,' Selma heeft het mes in haar vuist en haar ogen zijn groot, bezorgd.

'Is er iets?'

'Nee, Selma. Niets. Ik dacht dat ik iemand zag, maar het was niets.'

Haar knokkels zijn wit, zo hard omklemt ze het heft, 'Dennis wie, je maakt me bang, wie zag je dan.'

'Selma,' zegt hij, zo rustig als hij kan om haar te bedaren, 'ik dacht dat ik de buurman zag. Met de hond, met Tarzan. Ik heb hem nog niet gezien van-daag. Maar het was een bosje in de wind.'

'O,' zucht ze en past, liefdevol en precies, de boterhammen in de lunchtrommel. 'Lieve hond, die Tarzan,' zegt ze meer tegen zichzelf dan tegen Dennis. Op de bovenste boterham staat de afdruk van haar handpalm. Het gevoel dat die boterham hem geeft is zeer onvoorspelbaar. Soms koestert hij hem—met dat duidelijke merkteken van Selma's toewijding. Kan hij het niet over zijn hart verkrijgen hem meteen op te eten, bewaart hij hem tot het einde van de dag. Andere keren kan hij die boter-ham niet uitstaan, trekt hij het deksel van de trommel en is gelijk zijn humeur verpest, gooit hij alle boterhammen weg. Hij raakt ze dan niet met zijn handen aan maar kiepert de trommel boven de vuilnisbak in het keukentje achter in de zaak leeg. Koopt hij bij de bakker twee stukken stokbrood met eisalade.

'Opschieten Dennis,' zegt Selma vrolijk, 'we zijn laat.' Ze zet de trommel op tafel en geeft hem een zetje zodat hij, een slag draaiend, naar Dennis toe schuift.

'Ik ben klaar. En niet vergeten,' ze knipoogt, 'meteen vanaf de zaak naar huis want dan is er een verrassing.' Ze schuift de jurk een stukje van haar schouder en laat een rood bh-bandje zien. 'Ik neem aan dat je dit zocht toen je in mijn laden rommelde.'

Dennis knikt. Dat katoenen ondergoed schiet hem weer te binnen, daar hebben ze het nog wel over. Selma heeft haar jas aan en wikkelt net een sjaal om haar hoofd als de telefoon gaat.

'Nee hè,' roept ze, 'nee hè wie belt er nou om deze tijd! Dennis wie belt er in godsnaam om deze tijd!'

Dennis loopt naar de telefoon en neemt op.

'Je moeder.' Dennis geeft de hoorn aan haar en denkt: die verdroogde oude bes van wie je je hysterische reacties hebt overgeërfd.

'Mijn moeder? Wat wil mijn moeder op deze tijd van de dag?' Selma schuift de sjaal weg van haar oor. Haar moeder belt te veel en hun eigen dochter, Giselle, belt te weinig. Ze zit nu al bijna twee jaar in Denemarken als au pair, meteen na haar mavo-eindexamen was ze vertrokken. Ze was ook al drie keer van gezin gewisseld, volgens haar ansicht van vorige week zat ze nu 'in eenoudergezin, op piepklein eiland, spreek uit als 'smoelie', geen tel., water uit pomp, heel gezellig ouderwets.' Of die ene ouder een man of een vrouw was, had Dennis per omgaande in een brief aan het au pair-bureau gevraagd en waar dat 'smoelie' dan wel lag, op de kaart in de Lekturama Wereldatlas zag hij geen enkele naam geschreven waarvan het waarschijnlijk was dat de uitspraak zo zou zijn. Ze hadden nog geen antwoord.

'Hallo lieve moeder,' begint Selma, 'we staan net op het punt om naar ons werk te'

Aan de andere kant van de lijn begint onmiddellijk een stemmetje te schetteren, Dennis kan de woorden niet verstaan. Hij stoot Selma aan en articuleert geluidloos 'hou het kort'.

'Ja,' zegt Selma af en toe, 'ja maar' Het stemmetje schettert ononderbroken verder.

Dennis drinkt zijn koffie voor het raam. Zijn hart bonkt in zijn keel als de voordeur bij de buurman opengaat, in een reflex stapt Dennis opzij, hoewel hij onzichtbaar is. De hond schiet als eerste naar buiten, dan volgt de buurman. Dennis kijkt gelijk op zijn horloge, acht uur acht. De buurman aarzelt op de stoep, heeft de handen op de rug en kijkt links en rechts. Loopt een stuk de tuin in en bekijkt zijn eigen huis, vooral tuurt hij naar boven waar de gordijnen nog gesloten zijn. De hond staat al blaffend bij het hek, de kop tussen twee spijlen door gestoken. De buurman raapt iets op uit het gras en stopt dit in zijn zak. Kijkt naar de overkant, naar het huis van Dennis en Selma. Dennis ademt zachtjes, alsof de buurman hem zou kunnen horen.

De buurman knielt naast de blaffende hond en lijnt hem aan, ze verdwijnen achter de bomen. Net wil Dennis Selma weer tot spoed manen als ze gelaten zegt: 'Ja. Dag moeder.' Ze sjokt terug de keuken in, zinkt neer aan tafel, haar hoofd in haar handen.

'O nee.' De sjaal zakt tot over haar wenkbrauwen. Belachelijk gezicht.

'Selma. Wat is er. We zijn laat, we moeten opschieten. Jij moet opschieten, je weet hoe ze zijn op je werk. Kom we gaan. Vertel het me maar onderweg.'

'O nee. Nee hè. Ze begon over die spencer. Over die spencer nota bene, die ze voor me heeft gebreid.'

'Vervelend.' Dennis propt de lunchtrommel in zijn jaszak. 'Laten we gaan Selma, vertel het me maar onderweg.'

'Dit is te erg,' Selma laat zich willoos overeind trekken, 'krijg ik dit weer.'

Dennis hangt Selma's tas over haar schouder, kijkt om zich heen of hij iets ziet wat ze kan zijn vergeten en duwt haar zacht voor zich uit de hal door naar buiten. Sluit, Selma bij een arm vasthoudend, de deur.

'Heb jij je sleutels?'

'O nee. Overkomt mij dit weer. Waarom heb ik weer zo'n moeder.'

'Ja.' Dennis kijkt naar het hek tussen de struikenrij, hij zou er het liefst nu meteen heen te lopen.

'Weet je schat, we zijn laat. Heel laat. Ik rij jou naar de bushalte dan zijn we allebei nog op tijd.' Hij zegt het nonchalant, maar werpt een gespannen blik op Selma. Selma staart zuchtend naar de grond, haar tas dreigt van haar schouder te glijden.

'Ik begrijp mijn moeder niet, echt niet. Ik doe mijn best. Je weet dat ik mijn best doe Dennis,' ze grijpt zijn arm beet, 'toch Dennis, je weet dat ik mijn godvergeten best doe Dennis.' Er wellen tranen op in haar ogen.

'Niet huilen schat, vertel het me zo allemaal maar.' Hij omarmt haar en kijkt zo onopvallend mogelijk op zijn horloge. Hij wil opschieten.

Hij trekt het portier open en duwt haar de auto in. Rijdt langs de zijkant van het huis, houdt in het achteruitkijkspiegeltje het huis van de buurman in de gaten.

Selma snift en wrijft in haar ogen.

'Snuit je neus Selma,' hij draait de weg richting stadscentrum op, 'en wat was er nu met je moeder. Iets met een trui geloof ik hè.'

'Geen trui, die spencer.' Selma barst in snikken uit. Het stoplicht springt op oranje, Dennis geeft gas, zwenkt razendsnel naar links om het blauwe autootje vóór hen in te halen en door te kunnen racen. De banden gieren op het asfalt, de bestuurder van het blauwe autootje schudt een vuist door het open raam en Dennis wrijft over Selma's knie; Dennis de snelheidsduivel, goed gedaan.

'Ik had haar die wol gegeven om een trui te breien,' Selma pakt een hartvormig spiegeltje uit haar tas en bestudeert haar ogen, 'o nee hè, ik zie er niet uit. Iedereen ziet dat ik heb gehuild, ik lijk wel een oud wijf. M'n hele make-up is uitgelopen.'

Voorzichtig laat ze een klodder speeksel op haar zakdoek vallen en wrijft daarmee onder haar ogen. Kijkt weer in het spiegeltje.

'Het is helemaal rood.' Ze snikt. 'Ik ben helemaal niet meer aantrekkelijk.'

'Kom op Selma,' hij legt, zo vaderlijk als hij kan, een hand op haar hoofd, 'dat trekt zo weg. En jij ziet er nog heel goed uit voor je leeftijd, dat weet je best. Vertel nou maar over die trui.' Ook in zijn stem probeert hij een vertrouwenwekkend vaderlijke klank te leggen, dat lukt goed vindt hij. Linksaf, waar is hier zo'n verdomde bushalte. Is dat daar een geel bordje? Hij rijdt langzamer. Lijn vijftien en dertien, dat zijn trams, misschien kan ze die ook nemen.

'Vijftien en dertien Selma.' Hij stopt de auto. 'Snel uitstappen schatje, ik hou de boel hier op.' Achter hen toetert al een auto. Als hij daar verderop weer rechtsaf slaat, laten we bidden dat het geen eenrichtingsverkeer de andere kant op is, is hij binnen vijf minuten weer thuis.

'Wat zeg je? Waarom stoppen we?' Selma heeft een lippenstift uit haar tas gepakt en kleurt haar onderlip bij. 'Een lip rood en een lip paars geeft een erotisch effect. Vind jij dat ook? Het stond in de Viva.'

'Vijftien en dertien. Trams. Uitstappen schatje.' Hij kijkt, met zijn hand op de deurkruk, of er geen auto's aankomen en is klaar om het portier voor haar open te gooien.

'Zinloos,' roept Selma, haar lippen tuitend tegen het zakspiegeltje, 'die moet ik niet hebben. Waar zijn we hier eigenlijk.' Ze kijkt om zich heen. Kijkt weer in het spiegeltje. 'Of zou het onzin zijn? Het artikel heette Kerstmake-up. Het was wel een oud nummer.'

Godver de godver. Dennis trekt onmiddellijk op en draait het raampje naar beneden. 'Bushalte, waar is hier de bushalte!' schreeuwt hij naar de eerste fietser die passeert, het meisje dat op de bagagedrager zit houdt haar middelvinger voor hem op.

'Dennis wat doe je,' Selma schudt aan zijn schouder, 'Dennis wat is er aan de hand?'

'Hou je bek mens.' En hij roept tegen een volgende fietser, angstvallig op zijn stuur lettend, 'Bushalte, waar is een bushalte!' De mountainbiker met een ijsmuts op wijst naar rechts en Dennis slaat rechtsaf.

'Wat doe je!' roept Selma.

Hij kan niet langzaam rijden met al die auto's achter zich, maar geen geel bordje zal hem ontgaan. Na zeven huizenblokken heeft hij nog niets gezien, verder rijden maar. De straat komt uit op een rond plein met in het midden een plantsoentje waar een piskrul staat. Geen geel bordje te zien. Terug de straat in waar ze uit kwamen mag niet.

'Au,' roept Selma als hij te hard over een verkeersdrempel gaat. Bij de eerste de beste afslag wil hij naar rechts om weer op de grote weg uit te komen, maar dat mag tegenwoordig opeens natuurlijk niet meer, de volgende mag ook niet en de volgende ook niet. Dennis kromt zijn tenen van ergernis en drukt hard het gaspedaal in, zodat een punker waarvan niet te zien is tot welke sexe het behoort, een hond opzij moet trekken. 'Kloothommel,' schreeuwt het. Naar het plein terugrijden is waarschijnlijk het beste idee. Maar hij wil het nog niet opgeven.

'Waar zijn we hier in godsnaam Dennis, ik ken het hier helemaal niet.' Selma veert rond op haar stoel om door alle ramen te turen. 'Slagerij Splinter? Nooit gezien. Wasserette de Clean Brothers? Die heb je bij ons ook. Autorijschool De Bruyn. Surinaams Indisch eethuis, moet je kijken Dennis, die zijn nu al open, er hangt een bordje 'open' op de deur. Of zullen ze zijn vergeten het om te draaien. Het ziet er donker uit. Ik kan me niet voorstellen dat ze nu al open zijn. Hoe laat is het eigenlijk? Ik kom te laat Dennis!' Paniekerig bergt ze de lipstick en het spiegeltje op, gespt haar tas dicht.

De volgende afslag is ook verboden. Hij zou het stuur wel fijn willen knijpen. Wat mag er tegenwoordig nog wel.

Hij kijkt in de spiegel, ziet zijn kans schoon en keert razendsnel om. Ze komen weer op het ronde plein aan. Twee slungelige jongens verdwijnen in de piskrul. Ja, homo's schijnen tegenwoordig alles te mogen, dat kent geen gêne, zelfs 's ochtends vroeg provoceren ze de gewone burger.

'Wat doen we hier eigenlijk, breng me naar mijn werk!'

Hij sluit zijn ogen en perst zijn kiezen zo stevig op elkaar, dat ze knarsen. Selma heel hard in haar gezicht slaan en op de keukentafel gooien, touw zo stevig om haar polsen snoeren dat het vel gaat plooien, onder de tafel langs de armen bij elkaar binden. Haar benen uit elkaar trappen en de enkels aan de

tafelpoten binden. Een stok voor haar gezicht houden. Selma laten schreeuwen tot ze schor wordt en
bleek van angst. De stok tergend langzaam naar binnen duwen. Hij draait zich om en kijkt haar met
toegeknepen ogen aan.

'Dennis! Wat doen we hier!'

'Ik zei toch dat ik je naar de bushalte zou brengen,' snauwt hij, 'maar ik kan hem verdomme niet
vinden!' Achter hen claxonneren auto's.

'Zet me er maar uit Dennis, ik neem wel een
taxi.' Ze wrijft haar duim en wijsvinger tegen elkaar
en ruikt eraan. 'Mijn haar is vet. Ik had mijn haar
moeten wassen.'

'Selma!' Selma's weke billen op het geplastificeerde tafelkleed.

Een taxi nemen is nog niet eens zo'n slecht idee.
Eerst Selma naar haar werk en dan zichzelf naar huis
laten rijden. Hij ziet een plek om te parkeren en
remt bruusk, Selma stuitert door de plotselinge stil-
stand tegen de rugleuning van haar stoel. 'Eruit,'
sommeert hij en trekt de sleutel uit het contact.

Midden op straat gaat hij staan wuiven en houdt
zo de eerst voorbijkomende taxi aan. Selma vraagt
natuurlijk waarom hij ook instapt, hij antwoordt dat
het hier opeens allemaal eenrichtingsverkeer schijnt
te zijn geworden, dat hij er totaal opgefokt van is en
dat hij nu eenmaal een bepaalde verantwoordelijk-
heid ten opzichte van zijn personeel heeft en het
zich niet kan permitteren vlak voor de lunchpauze
pas in de zaak te verschijnen. 'Men rekent op mij.'

'Mijn mannetje,' Selma tikt hem op zijn bil en
stapt achterin.

Nadat hij heeft vernomen waar hij heen moet, knikt de taxichauffeur en zet een walkman op. Selma babbelt al weer honderduit.

'M'n moeder, als mijn moeder nou niet had gebeld was er niets aan de hand. Weet je wat ze zei? Dat ik zo koel had bedankt vorige week. Of er soms iets mis was. Ze gaf me dat ding, die spencer. Ik vroeg haar waar zijn de mouwen. De mouwen? vroeg zij, dit is een spencer, die hebben geen mouwen. O zei ik, bedankt.'

'Ik weet het, daar was ik bij.'

'Wat?'

'Niets.'

Selma fronst geïrriteerd haar wenkbrauwen. 'Val me dan niet in de rede. Daar belde ze nu voor, of het soms niet goed was, dat ze zich de pleuris had gebreid en dat het voor mevrouw, dat ben ik dus, zeker weer niet goed genoeg was. Ze zei dat ze er niet nog een keer braaf en serviel mouwen aan ging breien. Dat ik dat dan maar duidelijker had moeten zeggen. Graag of niet, zei ze, anders stuur je hem maar via de PTT het luchtledige in. Hoor je Dennis?'

Ze tikt Dennis op zijn schouder.

Dennis knikt. Bij Maria mocht je zo ongeveer alles naar binnen duwen wat je wou en als ze wat zei waren dat meestal de paar Engelse woordjes die ze kende. 'Maria and Dennis make luv, yes?', en: 'You are very sweet and also very very macho'. Als ze dat zei trok ze een stoer gezicht en rolde de spierballen van haar schattige dunne meisjesarmen. Dat ze dertien was stoorde hem niet, alhoewel dat strafbaar was natuurlijk.

Dennis probeerde haar Nederlands te leren. Ze zat op zijn schoot en wurmde haar hand in de broek van de buurman. 'I know already,' zei ze, 'kut-tiet-lul.'

De buurman grinnikte.

'Say hutspot, that is our traditional dish,' zei Dennis die zich een beetje voor gek gezet voelde, 'say after me, huts-pot.'

'Huuspos, huuspos, kuttietlul, now play with this?' vroeg ze en hield een laarzespanner omhoog. 'Nee natuurlijk niet rund,' had hij geantwoord en het ding afgepakt. Wat dacht ze wel, hij was nu degene met de ideeën. De buurman lachte nog harder.

'Ik had haar die zak wol gegeven, weet je nog? Die rode, voor een trui met een lage hals zodat je een stukje schouder ziet. Niet de hele schouder maar een stukje, zo'n trui moet niet afzakken, dat wordt ordinair. Dat snapte ze zei ze, dat kende ze wel; een boothals. En wat breit ze, die spencer! Nou vraag ik je Dennis, een spencer!'

Maria. Die dop van de shampoofles met bruin geworden bloed, bewaart hij.

Selma klopt met haar hand tegen haar voorhoofd. 'Een spencer Dennis, is ze nou helemaal! En weet je wat dat mens ook nog zei, 'ik blijf niet bezig'. Wanneer vraag ik haar nou om iets te breien, nooit toch Dennis! En weet je wat ze laatst als toppunt van brutaliteit durfde te zeggen? Dat zeventien ook veel te jong was om te trouwen, dat zij het er nooit mee eens is geweest, en dat zeventien zeker veel te jong was om een kind te nemen. Dat je er donder op kon zeggen dat zo'n kind asociaal werd. Nou vraag ik je!'

Selma spreekt opgewonden, in haar mondhoek pruttelen kleine belletjes speeksel. 'Daar kom ik nou bijna elke maand voor, wat krijg je, stank voor dank Dennis! Onze dochter asociaal noemen! Wat kan Giselle er in 's hemelsnaam aan doen dat die rottrui nooit is aangekomen en ze heeft nou eenmaal een slecht geheugen, je kan van zo'n jong meisje toch niet verwachten dat ze altijd maar kaartjes op oude mensen hun verjaardag stuurt?'

Dennis voelt zijn gezicht kleuren. Hij gluurt uit zijn ooghoek naar de taxichauffeur, die swingt met zijn hoofd mee op een onhoorbare beat uit zijn koptelefoontje.

'Misschien wordt je moeder dement,' mompelt hij.

'Voor Giselle? Natuurlijk!' had zijn schoonmoeder gezegd toen ze de zak lichtgele wol van hem aanpakte. Toen hij af was haalde Dennis hem op om hem te gaan posten, zijn schoonmoeder deed er nog een brief en een zak snoep bij. De ene mouw was wat langer uitgevallen dan de andere en reikte als Maria haar arm strekte tot de wratjes op haar knokkels. Na twee weken belde Dennis zijn schoonmoeder om te zeggen dat hij Giselle aan de telefoon had gehad en dat ze het pakje niet had ontvangen. Zeer onzorgvuldig van de PTT, hij zou een klacht indienen. Het snoep had hij ook aan Maria gegeven.

'Dement,' snuift Selma, 'welnee. Ze wordt oud. Ontevreden, chagrijnig omdat ze een kloteleven heeft gehad en nu te oud is om er nog wat van te maken. Maar wat kan ik daaraan doen? Ik doe mijn best, ik bezoek haar bijna elke maand en ik bel haar tussendoor soms ook nog! Wat wil ze nog meer! Ik kan hier niet meer tegen!' Selma beukt met haar vuisten tegen Dennis' rugleuning. Dennis steekt twee sigaretten op, geeft er een aan Selma. Hij is gekalmeerd. Zijn vrouw heeft hem nodig.

'Selma,' begint hij met een vaderlijke bas, 'trek het je niet aan. Mijn moeder was ook een ramp. Van mijn zus moest ze een lapjessprei breien. Dat is natuurlijk heel erg leuk, een lapjessprei breien, heel veel mensen zouden dolblij zijn dat te kunnen doen. Mijn zus gaf haar alle wol, een mand vol met verschillende bolletjes. Mijn moeder breide een halve sprei, nog niet eens, en stopte ermee. Ze wou niet meer. Alleen maar stangen natuurlijk, net pubers. Het heeft geen enkele zin,' hij heft zijn armen hoog, 'je probeert iets goeds voor ze te doen maar ze willen niet. Schaamteloos reageren ze al hun frustraties op hun eigen kinderen af.' Dennis wat heb je dat weer geweldig gezegd, jammer dat die chauffeur die walkman nog steeds op heeft.

Selma staart zwijgend voor zich uit. Ze stoppen voor een verkeerslicht. Een man in een oranje zeiljack passeert en kijkt Dennis in het voorbijgaan recht in de ogen, knipoogt. Een vuile donsvoet, die herkent hij onmiddellijk. Dat zijn de lui die de hele maatschappij ondergraven door het onderste blikje van de stapel weg te trekken; door het basisprincipe van een man—een vrouw aan te vreten. Er lijken er al meer te komen, die mountainbiker met een ijsmuts op die hij naar een bushalte vroeg, zag er ook uit alsof hij niet zuiver op de graat was.

Selma draait een raampje open en blaast de rook naar buiten.

'Kijk, een invalide,' ze wijst met haar sigaret naar een in de verte over de stoep rijdende rolstoeler. De velgen van de rolstoel schitteren in het zonlicht.

'Als je dat toch ziet,' ze maakt een handbeweging in de richting waarin de rolstoeler verdween, 'ben je toch blij dat je geen invalide bent? Of dat je geen invalides in de familie hebt? Gezondheid,' ze laat het woord langzaam wegfaden als de laatste tonen van een lied en met een dromerige blik kijkt ze voor zich uit. 'De gnostici hebben hele mooie dingen over ziekte en gezondheid gezegd, wist je dat?'

'Invaliden,' zegt Dennis hard als de taxi weer optrekt, 'jij zei invalides. En wat de gnostici allemaal hebben gezegd en nog zullen zeggen zal mij een rotzorg zijn.' Hij weet weer precies waarom ze in de taxi zitten; ze waren op zoek naar een bushalte. Dank zij Selma duurt alles weer langer dan noodzakelijk. Zijn vrouw weet niet eens waar de bussen richting haar eigen werk stoppen. Zijn vrouw gunt hem geen enkel pleziertje; hij mag niet eens een kurk, misschien durft hij het toch wel, dat vastbinden op de keukentafel.

'Wat zei je?' Selma schrikt van zijn harde blik en slaat een hand voor haar mond.

Hij heeft op zijn horloge gekeken en gezien dat het bijna negen uur is. Ze zijn al dicht bij Selma's werk. Daarna laat hij zich snel naar huis rijden. De taxi moet buiten de woonwijk parkeren en op hem wachten. Dan linea recta maar heel omzichtig naar het huis van de buurman. Effectief en onopvallend. EO. Hij gniffelt.

'Wat is er, waarom lach je Dennis?'

Dus daar trekt hij zo'n vijftien minuten voor uit. Dan laat hij zich naar zijn auto rijden in tien minuten. Tien uur moet hij zeker op de zaak kunnen zijn, anderhalf uur later dan anders. Als hij thuis is belt hij wel dat hij naar de dokter moet met zijn vrouw zeer onverwacht, dat de filiaalchef de honneurs maar even moet waarnemen.

'Hij moet voorsorteren Dennis! We moeten hier linksaf!' Selma kijkt weer in haar hartespiegeltje en veegt wat lippenstift uit haar mondhoek. Houdt met een hand haar haar strak achterover. 'Zal ik een staart maken Dennis, wat denk jij,' ze bekijkt haar hoofd aan alle kanten.

In principe gaat hij ervan uit dat de buurman naar zijn werk is, die verlaat zijn huis om twintig over acht, zoals hij weet van de dagen dat hij zelf ziek was en daarop kon letten. Maar hij is op alles voorbereid.

Dat doet hem eraan denken dat ze misschien toch een wapen aan moeten schaffen. Selma en hij zijn er eigenlijk op tegen dat de burger het recht in eigen hand neemt, maar tegenwoordig voel je je niet eens meer veilig in je eigen huis. Bij voorbeeld door al die demonstraties van leuzen scanderende homo-commando-actiefronten. Links en vredelievend zogenaamd, maar moet je zien hoe ze erbij lopen, zwart leer, wilde bossen okselhaar, handboeien en kettingen. Hij durft Selma geen zoen te geven in het zicht van een homosexueel, voor je het weet beuken ze je in elkaar omdat ze het aanstootgevend vinden.

Selma heeft een staart in haar haar gemaakt die ze toch maar weer losdoet.

Dat bellen, dat moet in een telefooncel voordat hij thuis is.

De taxi stopt voor de Sandwich Shop waar Selma werkt.

'Dag schat,' Selma kust hem op zijn voorhoofd en is zo dichtbij dat hij de zoete vertrouwde warmte van haar lichaam ruikt. Ze stapt snel uit, slaat de deur dicht, de riem van haar tas zit ertussen, ze maakt de deur weer open en trekt de riem los, lacht. Drukt een kus op haar vingertoppen en legt ze een ogenblik op Dennis' wang. Niemand heeft zo'n vrolijke schittering in haar ogen als Selma. Ze wuift vanaf het trottoir.

De chauffeur kijkt in het achteruitkijkspiegeltje of hij veilig kan keren. Selma roept: 'Dennis!' en komt half hollend aangeklikt op haar pumps. Ze gebaart dat hij het raam omlaag moet draaien. Kijkt guitig om zich heen, knoopt haar bloesje een stukje open, buigt zo ver mogelijk voorover en wijst op het net zichtbare bovenste randje rood van haar kanten bh. De chauffeur trommelt grijnzend met zijn vingers op het stuur.

'Naulakai, suw,' Selma bijt nadenkend op de binnenkant van haar wang, 'suw of soew. Naulakai soew. En dan, eh. Op het laatst krijg je in elk geval 'izefon'. Geen twee waterbaboes zijn gelijk, maar ze wuiven in harmonie door dezelfde windvlaag. Hoe vind je die. Iets wilds, vanavond. Ik was het niet vergeten hoor.' Ze pakt zijn hand, drukt die tegen haar borsten. Ze trekt haar gezicht in de plooi, rangschikt haar kleren en loopt, kaarsrecht, naar de Sandwich Shop. Hij kijkt haar na, wacht tot ze omkijkt maar dat doet ze niet.

Op weg naar huis voelt hij in zijn rechterhand nog de sensatie van haar warme kloppende borst. Selma's lichaam verveelt nooit. Zo lekker als zij ruikt en zo zacht als ze is, zo hoort het. Haar zogenaamd wilde dingen zijn niet helemaal zijn smaak, maar hij waardeert het gebaar.

'Ze komt van de Philippijnen,' vertelde de buurman gelijk die keer tijdens het heggeknippen. 'Ik ken haar moeder heel goed, ook nog een jong ding, werkt al jaren in Den Haag. Maria is hier nu op vakantie, zeg maar.' Tegelijk gluurden ze allebei richting keuken waar Selma nog steeds zingend bezig was. 'Kom bij mij nu even Balen of Baden in Weelde kijken,' stelde de buurman voor met een knipoog en ging met zijn mouw over zijn bezwete voorhoofd. Het was nog steeds benauwd. Dennis veegde de afgeknipte bladeren en takjes op een hoop. De buurman gebaarde dat hij stil moest zijn, wees naar de heg. Daar zat, midden op een blad, een grote glanzende bromvlieg, uitgeteld door de hitte. Geruisloos nam de buurman zijn heggeschaar op en deed een paar passen vooruit, ervoor zorgend dat zijn schaduw niet over de bromvlieg viel. Met een oog half dicht, zoals je doet als je dartpijltjes gooit, scheen hij met de schaar positie te bepalen. Dennis hield zijn adem in. De buurman trok zijn bovenlip op en sloeg toe. 'Kleng,' de benen van de schaar kletterden met kracht op elkaar. Tevreden plukte de buurman de stukjes vlieg van de schaar en bestudeerde ze in het licht.

'Ik ga even bij de buurman Balen of Baden kijken,' riep Dennis naar Selma. 'Joehoe,' riep deze terug, 'maak je het niet te lang schatje, over een goed uur is de ovenschotel klaar!'

Naast elkaar slenterden ze over het tuinpad naar het huis van de buurman. Blij blaffend kwam Tarzan op hen af. 'Dertien zei je hè?' Dennis' ogen glinsterden enthousiast, 'heeft ze wel al een beetje,' hij hield zijn handen een flink stuk voor zijn borst. 'Naar mijn smaak zelfs te veel,' antwoordde de buurman, hij hield meer van platte meisjes zei hij, want die leken meer op engeltjes, net als jonge jongens. 'Maar ze voldoet prima. Ze doet bij mij het huishouden, als iemand ernaar vraagt. Snappezvous?'

Maria zat in een badjas op de bank te zappen. De buurman gebaarde dat ze op zijn schoot moest komen zitten en hem de afstandsbediening geven. 'May I introduce to you, Maria!' In een keer knoopte de buurman haar badjas los en hield de panden wijd open zodat Dennis vol zicht op haar blote lichaam had en voor het eerst die geweldige, grote tepels zag. Maria krabde in haar nek. 'Maria comes from Manila,' zei de buurman, nog steeds op een spreekstalmeestertoon, 'long, long way with aeroplane,' met zijn armen deed hij vleugels na en wiegde wild heen en weer zodat Maria moeite moest doen haar evenwicht te bewaren op zijn schoot. 'Now we fuck?' vroeg ze. 'Nope, we watch televisionshow,' de buurman zapte tot hij de juiste zender had gevonden, Maria krabde in haar schaamhaar en knoopte haar badjas dicht.

Die eerste keer keken ze alleen de spelshow en

dronken een pilsje. Achter de televisie stond een boekenkast, bijna helemaal gevuld met videobanden, allemaal met witte stickers op de rug en een met dikke viltstift geschreven titel, maar het was te veraf voor Dennis om de letters te kunnen ontcijferen. 'Leen je wel eens wat bij S&D VIDEO 2000,' vroeg Dennis, 'daar ben ik de eigenaar van, van alle twee de filialen.' Volgend jaar zouden het er hoogstwaarschijnlijk drie zijn.

'Nee,' de buurman schonk hun glazen nogmaals vol, 'wat je hier ziet zijn allemaal zogezegd homevideo's. Ik laat je wel eens wat zien, kom volgend weekend eens langs.'

De show was afgelopen en de buurman liet Dennis uit. Op de stoep babbelden ze nog wat en Tarzan snuffelde langdurig in Dennis' kruis, de buurman had moeite de hond weg te houden.

Thuis zat Selma nog voor de tv te kijken naar de Teleac-cursus 'Chinese dialecten en streekgebonden gebruiken'. Selma bestelde nooit de bijbehorende cursusboeken. Ze zei 'je steekt er sowieso altijd wel iets van op'. Vóór deze cursus volgde ze 'Het inrichten van tentoonstellingen' en daarvoor 'De gnostici en hun invloed op de hedendaagse Westerse cultuur'.

Vlak voor het woonerf gebaart hij de taxichauffeur dat hij af moet slaan en laat hem in een zijstraat parkeren. Hij belt in een telefooncel naar beide filialen, rug naar de straat gekeerd. Kwart over negen. Hij ademt diep in, zijn borstkas zwelt en hij voelt zich op alles voorbereid, alert tot in zijn kleine teen.

Operatie EO gaat nu van start. Hij geeft zichzelf vijftien minuten voor de totale uitvoering.

Zijn handen heeft hij in zijn broekzakken, drukkend op zijn bovenbenen waarin hij de spieren voelt spannen. Hij loopt stevig door, kraag hoog opgezet, niet te dicht langs de huizen en niet te dicht bij de parkeerplaatsen; midden op de stoep lijkt hem het minst opvallend. Iedere uitademing botst tegen de wollen voering van de kraag en slaat lauw terug in zijn gezicht. Gelukkig is het behoorlijk fris zodat een opgezette kraag niet uit de toon valt.

Tot het pad dat naar zijn huis voert kijkt hij niet op of om als iemand passeert. EO, hij is koel en gedisciplineerd. Maar geen auto op het parkeerterrein ontgaat hem, hier parkeert de buurman namelijk altijd, die heeft geen eigen garage bij zijn huis. Tot Dennis' opluchting is de groene Opel er niet. Voor de zekerheid staat hij stil en speurt het hele terrein nogmaals af. Vanuit zijn ooghoek ziet hij een vrouw in een rode lakjas naderen die hem vaag bekend voorkomt. Hij loopt snel door.

Bij het tegelpad verandert zijn houding op slag; dat hij hier nog iemand tegenkomt is onwaarschijnlijk, er staan maar zes huizen, drie aan elke kant, en hij wordt aan het zicht onttrokken door een haag van bosjes. Aan het eind, na zijn huis en dat daartegenover van de buurman, loopt het pad dood, daar beginnen de weilanden.

Hij was er een keer met Selma gaan wandelen, toen ze pas getrouwd waren. Het was kil, hun gezichten werden nat van de nevel. Ze hielden elkaars hand vast. Selma vond het romantisch. 'Oe

Dennis!' riep ze opgewonden en klemde zijn arm steviger vast als ze net op tijd een koeievla ontweek of een heining van schrikdraad. Dennis meende de hele tijd geronk te horen en verwachtte elk moment uit de mist vlak voor zich een tractor te zien opdoemen die niet meer te ontwijken was.

Doordat Dennis ertegenop botste ontdekten ze een roestige badkuip. Hij wilde dat Selma eroverheen ging hangen. 'Goed.' Selma wurmde haar jeans naar beneden en boog voorzichtig voorover, met haar handen greep ze de rand van het bad vast. Dennis wreef zichzelf in het kruis. 'Nee gadverdamme!' riep Selma en trok haar broek weer op, 'het is veel te koud Dennis, en moet je mijn handen zien!' Met een vies gezicht toonde ze haar handpalmen; nat met schilfers roest eraan geplakt, 'je wacht maar gewoon tot we thuis zijn.' Resoluut haakte ze haar arm in de zijne. Voordat ze thuis waren haalde Selma haar windjack open aan een stuk prikkeldraad waar ze onderdoor moesten en Dennis, die het draad voor haar omhooghield verwondde zijn hand. Daarbij vloog er een torretje in zijn neus dat er na drie dagen snuiten pas uit was gekomen. Ze waren nooit meer in de weilanden geweest.

Zijn hart klopt in zijn keel, alsof hij een adelborst is die een eed voor volk en vaderland af moet leggen. Voorovergebogen sluipt hij langs de struiken, droge takken ritselen langs zijn jas. Zijn voeten zet hij voorzichtig neer, afgebroken twijgen en dorre bladeren maken bijna geen geluid onder zijn rubber zolen.

Het een na laatste huis is hij voorbij, hij hurkt

neer, vloekt in zichzelf als zijn knieën kraken, en buigt wat takken opzij om het huis van de buurman te begluren. Waarschijnlijk loopt de hond in de tuin rond maar die kent Dennis nu wel en zal zich vast koest houden.

Boven is een raam opengeschoven en de onderrand van een gordijn deint heen en weer in de wind.

Dennis vraagt zich af of dit raam vanmorgen of vannacht ook al openstond. Hij herinnert het zich niet. Hij vouwt zijn kraag omlaag en denkt.

Al gauw ging hij iedere zondagavond naar de buurman. Maria was er bijna altijd. De eerste paar keer keken ze gewone hardporno. Als hij en de buurman opgewonden werden trok Maria ze af, ze ging tussen hen in zitten en bewerkte ze ieder met een hand. De buurman, die zijn overhemd altijd helemaal openknoopte, liet Tarzan het sperma van zijn behaarde buik likken. Dat deed de hond wild kwispelend.

Maria likte meestal Dennis' sperma weg, met lange halen van haar tong, de kleine fijne lichtbruine handen in zijn middel. Ze trok altijd een gezicht alsof ze het heel lekker vond en gorgelde met een slok bier.

Op een keer toen Selma weer eens avonddienst draaide, zei de buurman dat hij iets speciaals had. Met een band in de hand stond hij bij de recorder. 'Jij bent toch niet vies van kinderen?' Dennis aarzelde. Hij duwde de snuit van Tarzan uit zijn kruis. Maria bekeek de foto's op de Privé-pagina in de Telegraaf. De buurman bleef Dennis aankijken en stopte de band in de recorder. Bij het geratel van het terugspoelen legde Maria meteen de krant opzij. Twee mannen knevelden een stuk of wat jonge jongens met touwen en riemen, Dennis keek met een half oog, raakte niet geboeid en bladerde door de zaterdagbijlagen van de Telegraaf. Vanuit zijn ooghoek zag hij Maria opgewonden in haar fauteuil op en neer veren. 'These same age as me, this one very very handsome,' ze wees op een blonde jongen die door een man aan zijn haren achterover werd getrokken en door een ander met een riem op zijn buik werd geslagen.

'Dat heb je goed gezien, dat is zeker een lekker joch,' de buurman ritste zijn gulp open. Tarzan ging al kwispelstaartend naast zijn stoel staan.

Ze dronken gedrieën vijf flessen wijn leeg, Dennis werd te aangeschoten om zijn aandacht bij de krant te houden en keek ook maar naar het beeldscherm. De buurman en Maria becommentarieerden de video's steeds luidruchtiger en onsamenhangender. De buurman rolde nog een joint waar hijzelf niet van rookte, voor zover Dennis het nog scherp voor de geest kan halen tenminste. Op een gegeven moment liep Maria alleen in een tanga rond en goot een halve fles wijn over haar hoofd uit, struikelde over de poef en zonk tegen de bank. De buurman had alleen zijn spijkerbroek met openstaande gulp nog aan en filmde haar. Dennis lette erop dat hij niet in beeld kwam, hoewel er hoogstwaarschijnlijk toch veel te weinig licht was voor heldere opnamen. De buurman trok Maria's tanga stuk en riep Tarzan, die meteen zijn snuit tussen haar benen wrong en begon te likken. Hij gooide de

camera aan de kant nadat Maria giechelend en zuchtend was klaargekomen.

Dennis herinnert zich verder nog dat hij een
wijnfles in Maria's kut duwde en dat zij lallend
bezwaar maakte en dat de buurman zijn vingers in
Maria's mond stopte, maar de precieze chronologie
van alles weet hij niet.

Het raam is maar een klein stuk omhooggeschoven; hij had het vanuit zijn eigen huis niet eens kunnen zien.

Hij wringt zich, de handen voor het gezicht, verder de struiken in. In hurkloop gaat hij, om zijn kleding niet al te zeer te bevuilen, richting tuinhek van
de buurman. In het laatste bosje voor het hek houdt
hij stil, als hij een arm uitstrekt heeft hij een van de
groen geverfde ijzeren spijlen beet, zo dichtbij is het.
Hij kijkt weer naar het huis, alles lijkt onveranderd,
dan kijkt hij naar de platgetreden ovale plek waar
het hek middenin staat, het gras is hier zo goed als
verdwenen; zwarte zandgrond, door vele voetstappen ineengeperst.

Dennis speurt vanuit zijn bosje, zo ver zijn blikveld reikt, de tuin van de buurman af. Alhoewel hij
ervan overtuigd is dat de auto van de buurman niet
op het parkeerterrein stond, durft hij toch niet overeind te komen, je weet maar nooit. Ook al heeft hij
van het hurken pijn in zijn knieën gekregen. Niets
zal zich aan zijn haviksblik onttrekken. Hier en daar
steken steentjes uit de zandgrond rondom het hek
en er ligt een leeg slakkehuis. Zijn vingers tintelen
van opwinding, hij is volkomen op zijn hoede, duikt
weer in elkaar en tuurt om zich heen.

Aan de zijkant hijst hij zich over het hek heen. Net als hij zich wil laten zakken om met zijn voeten op de grond te komen, stormt Tarzan woest blaffend achter het huis vandaan. 'Sssssht, braaf Tarzan, brave hond,' probeert Dennis het dier te paaien, 'ik ben het, Dennis, je kent me toch nog wel.' Hij zet zijn voeten op de grond en steekt zijn hand uit om Tarzan over de kop te aaien. Tarzan hapt er onmiddellijk naar, net op tijd trekt Dennis terug. Hij doet zijn handen in zijn zakken en zet een paar passen richting het huis, maar Tarzan belet hem verder te gaan. De hond duwt met zijn borst tegen Dennis' benen en zijn snuit gaat naar Dennis' kruis. Dennis probeert de kop weg te duwen. Tarzans onvriendelijke geelgroene spleetogen vallen Dennis nu voor het eerst op. Met ontblote tanden blijft Tarzan zijn kop in Dennis' kruis duwen. Dennis besluit het risico dat Tarzan in zijn zak hapt niet te nemen en klautert terug over het hek. Tarzan blijft kwaadaardig blaffen en in de lucht bijten totdat Dennis op het pad is.

Zo snel mogelijk loopt Dennis de woonwijk uit, naar de taxi. Hij moet hard op het raam kloppen voordat de chauffeur, die met zijn ogen dicht met de walkman op zit, hem in de gaten heeft. Als hij het portier dichttrekt puft hij pas uit. Plukt een paar hondeharen van zijn donkergrijze bandplooibroek. Hij geeft de chauffeur opdracht om naar het plein te rijden waar hij hen had opgepikt. De chauffeur blaast een piepkleine kauwgombel en geeft gas.

Jammer, hij heeft buiten de waard gerekend. De volgende keer zorgt hij wel voor iets om dat beest af te leiden, hij gaat alles in het werk stellen om in ieder geval die band te bemachtigen. Niemand die de ketting op de deur houdt als hij langskomt. En niemand die tegen hem liegt.

Ze komen aan op het pleintje. Dennis rekent af, de chauffeur bedankt door zijn hand op te steken voor de genereuze fooi, en Dennis stapt in zijn eigen wagen.

Zijn maag knort weer luid, hij opent het oranje trommeltje. De boterham met de afdruk van Selma's handpalm ligt rechtsboven. De opwinding van de hele operatie zit nog in zijn lichaam, alles voelt gespannen, hij hapt in de boterham en krabt in zijn kruis. Iets wilds vanavond, had Selma gezegd en hij ziet weer hoe ze haar blouse wegschuift en hoe het rode kant uitdagend tegen haar bleke vel afsteekt. Ze heeft natuurlijk bij die bh dat rode broekje aan met aan de achterkant alleen een stukje elastiek, wat bijna helemaal verdwijnt tussen die grote zachte heuvels vol deukjes en bobbeltjes. Selma begint te krijsen als hij dat zegt, hij vindt het schitterend hoe druk ze zich daarover kan maken. Iedereen heeft wel wat, Maria die wratjes. Die gele trui stond haar ongelooflijk goed, vooral als ze er niets onder aan had, dan schemerden haar grote tepels door het breiwerk heen. Hij ziet al weer helemaal voor zich hoe Maria, liggend op de Schots geruite bank, een Ariël-wasbol uit haar binnenste peutert die hijzelf van huis had meegenomen.

Hij kijkt om zich heen, er is geen mens te zien, in de goot rinkelt een blikje alsof een onzichtbare voet ertegenaan schopt. Dennis zakt onderuit en wrijft over zijn geslachtsdeel dat hard tegen de ritssluiting van zijn broek aan duwt. Selma en het theeëi, als hij dat eenmaal heeft gedacht kan hij niet meer terug, hij rukt de knoop van zijn broeksband los en wurmt zijn hand naar binnen.

'Ja!' riep Selma en veerde op de bank. Ze bekeken op video Balen of Baden in Weelde en Selma's favoriete echtpaar won de turbo-grill annex magnetron, naast de drie stereotorens, de gewone magnetron, de twintigduizend gulden, de wasmachine en de auto waarvan de grootte Dennis en Selma toch enigszins had teleurgesteld. Het echtpaar dat verloren had werd zeer chagrijnig kijkend door een glimlachende assistente weggevoerd. De winnende echtelieden vielen elkaar in de armen en de camera zoomde in op de vrouw, die een traan wegpinkte. Een flonkerend gouden ankertje bengelde aan een ketting boven het begin van haar volle borsten. Dennis haalde het theeëi een paar keer op en neer in zijn kopje en legde het op een schoteltje. Selma's borsten waren niet zo groot en stevig dat je ertussen kon klaarkomen. Hij schoof een hand onder Selma's billen en kuste haar achter haar oor. De aftiteling van de show begon; de letters verschenen over een totaalshot heen, publiek rende het podium op en verdrong zich om het winnende echtpaar, ballonnen en confetti dwarrelden naar beneden. Hoe dat ankertje de weg had gewezen naar die lekkere slagroombollen, hij kreunde in Selma's oor. Selma meende de boodschap begrepen te hebben, schortte haar rok op en liep om de bank heen om zich over de leuning te buigen. Dennis holde naar de keuken, griste een theedoek van het haakje en bond die voor Selma's ogen. Omdat de uiteinden te kort waren voor een stevige dubbele knoop zette hij er nog een knijper op. Selma klaagde dat haar haar ertussen zat. Dennis spoelde snel de video terug naar de close-up van de vrouw en zette het beeld hierop stil. Geruisloos nam hij het theeëi van het schoteltje. Hij duwde haar benen uit elkaar en trok haar heupen meer naar achteren. Fixeerde zijn ogen op de borsten op het scherm en verbeeldde zich dat ze schudden, misleidde Selma door eerst zijn eikel tegen haar aan te duwen en propte toen razendsnel het theeëi naar binnen. Voordat Selma in de gaten had wat er precies gebeurde kwam hij al tegen haar achterste aan klaar.

Dennis heeft zijn ogen opengehouden want je weet maar nooit. Hij veegt zich schoon met een zakdoek. Onder op zijn overhemd zit een natte vlek, die droogt wel voordat hij op zijn werk is. Op zijn gemak eet hij nog een boterham. Wat was `Selma kwaad geweest, hoe hij het in zijn hoofd had gehaald, dat theeëi was een erfstuk, echt zilver, minstens tweehonderd jaar oud, misschien werd dat wel aangetast door lichaamssappen, haar tante zou zich in haar graf omdraaien als ze zou hebben gezien wat Dennis met haar theeëi deed. Dat was wel de eerste en laatste keer geweest dat hij zoiets met haar had mogen uithalen.

Dennis zet de radio aan en luistert naar het journaal van tien uur. Helaas, niet op schema. Dat moet hem niet vaker gebeuren. In de videotheken heeft alles hopelijk gerold. De nieuwe verkoper, Ron, die in de Van Baerlestraat staat, lijkt heel capabel. De klanten lopen nu al weg met hem. Misschien moet hij overwegen hem maar filiaalchef te maken, mits hij Van Veldhuizen kan wegdirigeren naar een lagere functie. Die komt toch ook veel te vaak te laat, al is het maar tien minuutjes.

En als er vandaag geen brief van het au pair-bureau komt met nadere gegevens over de verblijfplaats van Giselle, gaat hij ze bellen. Dat heeft hij vorige week ook al geprobeerd, maar hij kreeg een antwoordapparaat aan de lijn. 'Als u informatie wilt over werken als au pair in Duitsland, Oostenrijk of Zwitserland, toets dan na beluistering van deze boodschap het cijfer 1 in, wilt u informatie over werken in de Scandinavische landen, toets dan' Na afluistering van het hele bandje zei de opgewekte damesstem eindelijk: 'Wilt u een telefonisch consult met een van onze medewerkers, dan kan dat alleen' en er volgde een opsomming van een aantal zeer onregelmatige uren verspreid over de week. Voordat Selma eindelijk een pen voor hem had gevonden was het bandje allang af en schreef hij maar die brief die aangetekend was verzonden. Als er vandaag geen antwoord is, maakt hij er werk van.

Hij start de auto en rijdt weg.

Mama!

'Eerst heb ik geschiedenis gestudeerd. Ik vond het best aardig, al die verhalen, maar er bleef een unheimisch gevoel hangen dat zei: het is niet waar. Het was alsof iemand, een groep mensen of een instantie, er belang bij had dat al die studenten in de collegezaal die verhalen zouden geloven. Alsof er een vooropgezette bedoeling mee was.' De jongen kijkt de eetzaal rond. De lange tafels zijn bedekt met gebloemd zeil en staan vol potjes jam, borden met korsten brood en schalen vettig glanzende plakjes kaas.

'Het idee van kleuterliedjes snap je? Zogenaamd alleen maar leuk en vrolijk maar ondertussen zit er een strenge moraal in. Het kwam mij allemaal zeer onwaarschijnlijk voor. Biologie begrijp ik. Die vogel op die tak, die zie ik.'

Kim kijkt door het raam. Het mist. Er is geen vogel te zien.

De jongen veegt met een vinger wat kruimels van een oranje bloem in een blauwe, hij draagt een grote gouden ring met een inscriptie die Kim niet kan ontcijferen.

'Maar celdeling klinkt me wel weer als een fabeltje in de oren. Net als ruïnes, die zeggen me ook niets. Wie gelooft nou dat die amfitheaters van voor

119

Jezus stammen?' Hij schijnt geen antwoord te verwachten. Kim knikt vaag voor de zekerheid. De lange bank waarop zij zitten is de enige die nog recht staat. Verderop is er een omgevallen, vroeg in de ochtend in grote haast verlaten natuurlijk door fanatieke medestudenten, stelt ze zich voor.

'Wil je ook koffie?' De jongen steekt zijn hand uit. 'Ik heet trouwens Ewoud.'

'Regels zijn regels,' zegt de vrouw die in de keuken werkt, 'ontbijt tussen vijf en halfnegen.' Haar voorhoofd glimt en ze doopt een mop in een emmer met schuim. Ewoud stelt voor om op zijn slaapzaal verder te kletsen, hij heeft daar ook nog een pak vruchtesap.

'En de slaapzalen worden zo schoongemaakt,' deelt de vrouw mee, driftig soppend.

Ze besluiten het bos in te gaan. Kim steekt haar hand op naar een kleine groep mensen in groene regenpakken, van wie ze denkt dat die ook mee zijn op kamp. Ze kijken haar bevreemd aan en de achterste, een dikke man, geeft haar een knipoog. Ewoud tuurt links en rechts tussen de bosjes, pakt af en toe iets van de grond of blijft staan luisteren. Kim heeft het koud.

'Hoe laat denk je dat de slaapzalen schoon zijn?' vraagt ze.

'We moeten het pad af,' zegt Ewoud, 'dan is er nog een kans dat we iets interessants ontdekken. Een kleine kans weliswaar, want we zijn natuurlijk veel te laat. Bij mij op de zaal stonden de meesten al om vier uur op. Wat had jij trouwens veel tijd nodig om je jas aan te trekken, zeg.' Hij wringt zich, de armen beschermend voor het gezicht, door de struiken.

Kim raapt twee denneappels op en gooit ze om beurten de lucht in. Vroeger kon ze dat ook met drie. Ze pakt er nog een en probeert het, maar na ze allemaal een keer geworpen en gevangen te hebben raakt ze in de war en laat ze vallen.

'Kom nou!' schreeuwt Ewoud vanachter het struikgewas, 'hier is een mooi plekje!'

Hij staat in een slootje. Met oranje keukenhandschoenen aan plukt hij, pink in de lucht, bladeren en stengels en stopt die in een boterhamzakje.

'De differentiatie in de vegetatie net onder en net boven de waterspiegel is wonderbaarlijk als je je erin verdiept.' Hij houdt een blad tegen het licht, kijkt ernaar, een oog dichtgeknepen, en laat het voorzichtig in het zakje glijden. Hij zegt: 'Achter op die boomstronk groeit trouwens een paddestoel. Ik kan je vertellen wat zijn Latijnse naam is, hoe hij in de volksmond wordt genoemd en op welke wijze hij zich voortplant, mocht je dat interesseren.'

Als het zakje vol is haalt hij een ander te voorschijn. Kim kijkt naar de boomstronk. Halverwege zit een grijs paddestoeltje ter grootte van een champignon. Ze zou nooit iets dat in het wild geplukt is opeten. Ze vraagt Ewoud om zijn verrekijker. Ze bekijkt wat voor merk er op zijn spijkerbroek staat en bestudeert zijn gezicht. Naast zijn oor zit een moedervlek. Ze richt de kijker op de bomen en achter een wirwar van takken ontdekt ze een bruine vogel met rood en blauw en een soort kuif. Zo'n vogel in Nederland lijkt haar onwaarschijnlijk.

'Wat zie je,' vraagt Ewoud ongeduldig als ze door de kijker blijft turen.

'Een vogel. Een blauw met rode vogel, een ontsnapt, exotisch exemplaar of een mutatie.'

Hij grist de kijker uit haar handen, speurt de boom af en zegt teleurgesteld: 'Ach mens, dat is een gewone Vlaamse gaai.'

Ze lopen verder en Kim glijdt uit over hopen rottende bladeren. Ewoud blijft maar herhalen dat hij weliswaar in een bosrijke omgeving is opgegroeid ja, maar dat hij zich vroeger absoluut nooit voor de natuur interesseerde, en dat iedereen toch wel, zelfs hij, een simpele stomme Vlaamse gaai kan herkennen.

De volgende dag en alle dagen daarop zijn ze weer de enige twee die op zijn vroegst om acht uur uit bed komen. Onvriendelijk vindt ze hem niet. Na een hele week samen het bos in te zijn gegaan valt het haar al niet eens meer op dat hij eigenlijk met zijn korte gestalte en bleke huid haar type niet is, en aan zijn marineblauwe colbert en college-shawl stoort ze zich ook niet echt meer.

Kim zit alleen in de ontbijtzaal en drinkt koffie. De werkster heeft de tafels afgeruimd en gaat er met een doek overheen, het licht van de hanglampen glimt in de natte cirkels en banen die ze trekt. Als ze klaar is pakt ze een bezem en zegt luid dat het negen uur is. Er zit prut onder in Kims kopje, ze spuugt de laatste slok terug en gaat naar de jongensslaapzaal, voordat die eindelijk wordt schoongemaakt is het altijd minstens elf uur, is haar opgevallen.

De gordijnen zijn dicht en het ruikt zurig, tassen en kleren slingeren op de vloer en alle bedden zijn overhoopgehaald, behalve een in het midden, achteraan. Daar ligt Ewoud. Een hand onder zijn hoofd en een onder de dekens, op zijn kruis, aan de bobbels te zien.

'Hai, goedemorgen,' zegt Ewoud hees. Kim kijkt naar de arm die zich aftekent onder de lichtbruine deken; de hand beweegt.

'Hallo,' zegt Ewoud nogmaals.

Ver weg uit het bos klinkt een hoge lach en vanachter een niet goed gesloten gordijn komt een streep flauw licht naar binnen. Stofdeeltjes wentelen zich er traag in. Kim blijft naar de bewegende bobbel kijken. Ewoud schraapt zijn keel: 'Je hebt mooi haar.'

De zweetlucht in de zaal lijkt penetranter te worden als hij fluistert: 'Ik heb hier een vogeltje. Een heel bijzonder vogeltje. Maar wie het wil zien moet zich eerst uitkleden, helemaal naakt.'

Kim grinnikt, kleedt zich uit en schuift naast hem. Ewoud doet zijn ring af en legt die in de vensterbank. Pa en Ma staat erin, ziet ze nog snel.

De volgende dag is de dag van vertrek. Ewoud en Kim lopen door de weilanden langs de bosrand naar het dichtstbijzijnde dorp en kopen in een tabakswinkel allebei een verzilverd lepeltje met een hert en in dikke letters 'Veluwe' op de steel. Ewoud vraagt aan de verkoper een stift en schijft 'voor mama' op het pakje.

'Het lijkt me leuk als je een keer meegaat naar

mijn moeder,' zegt hij, 'ze woont nog in het huis waar ik ben opgegroeid, in een, ik kan niet anders zeggen, natuurgebied van een ongekende schoonheid, verstild en delicaat.' Hij trekt de deur van de winkel achter hen dicht en tuurt peinzend voor zich uit na deze woorden. Kim zuigt haar wangen hol. Ze heeft een vieze smaak in haar mond en ze vraagt zich af of ze nu wel of niet kauwgom had moeten kopen; haar lievelingskauwgom, Sportlife-Rood met kaneel en lichte pepermuntsmaak, is sinds enige maanden uit de handel.

Als ze terugkomen bij de jeugdherberg staan alle studenten al buiten op de bussen te wachten, met felgekleurde rugzakken en opgerolde slaapzakken in plastic tassen.

Kim wurmt haar tas uit het bagagerek nog voordat de bus stilstaat en is er als eerste uit, ze heeft de goudgespoten Kever van Stef al zien staan. Ze hijst haar tas wat hoger op en iemand pakt haar in haar nek. Ewoud.

'Hé dame, waar ga jij zo snel naartoe?'

'Ik word opgehaald,' ze maakt een vage hoofdbeweging naar het parkeerterrein voor de universiteit, 'ik zie je wel op college.' Om te voorkomen dat hij haar kust, wat Stef zou kunnen zien, doet ze alvast een pas opzij.

'Maandag?' vraagt Ewoud. Hij staat er een beetje verloren bij met de handen in de zakken van zijn colbert. Kim tilt zijn linkerhand uit zijn jasje, schuift terwijl ze liefjes naar hem opkijkt de ring van zijn vinger en stopt die in haar broekzak. Ze sprint ervandoor.

'Even voelen of alles er nog aan zit.' Stef wrijft over Kims dijbeen voordat hij de Kever start. 'Wat heb ik jou gemist, ouwe kletskous van me.' Hij draait de contactsleutel om en kijkt naar Kims laarzen. 'Wel meteen uittrekken en poetsen als je thuiskomt hoor, anders is dat leer voor eeuwig verprutst.'

Ze draaien het parkeerterrein af en rijden Ewoud voorbij. Hij staat nog steeds op de stoep.

'Zit dit soort sukkelige ballen bij jou in het jaar? Ik heb medelijden met je.'

Kim blijft drie weken lang thuis. Dit moduul zijn er voor de tweedejaars alleen hoorcolleges. De boeken bestudeert ze, en de aantekeningen en in de colleges uitgedeelde artikelen kopieert ze van een meisje dat vlak in de buurt woont. Stef zit elke dag op school, basisjaar kunstacademie, hij bakt er niet veel van en heeft al een waarschuwing binnen.

Kim legt de ring op haar toilettafel; daar kijkt Stef bijna nooit. Na twee dagen legt ze hem op haar bureau waar hij weleens de krant leest. Daarna doet ze hem om. Zelfs dan vraagt hij er niets over.

Ewoud zit voor de universiteit op de stoep.

'Hai! Lang niet gezien,' zegt hij. Hij is langer en minder bleek dan Kim zich herinnert. Ze houdt de ring vlak voor zijn gezicht.

'Mag ik hem hebben?'

'Nee,' zegt hij beslist, 'het is een cadeau van mijn ouders.'

'Ruilen tegen die shawl dan.'

'Goed.'

'Ik ben over tijd.' Ze lopen naar de kantine.

'Wat?' vraagt Ewoud alsof hij haar niet goed heeft verstaan.

'Ik ben over tijd.' Kim legt haar hand op haar buik. Ewoud kijkt haar van opzij doordringend aan. Hij draait het uiteinde van zijn stropdas rond tussen zijn vingers.

'Toch niet van mij, hè?'

Ze klemt haar tas onder haar arm en wringt zich langs een groep studenten.

'Hé!' Ewoud trekt aan haar mouw. 'Sorry, het spijt me, wacht nou.'

Ze kopen zwijgend koffie, Kim met een gevulde koek, en zoeken een rustig plekje op. Hij duwt haar zacht voor zich uit.

'Vertel het nou nog eens,' zegt hij als ze zitten. Kim haalt haar schouders op. Hij legt een hand in haar nek. 'Oké schatje, je bent zwanger en je denkt dat het van mij is, maar hoe weet je dat zo zeker?'

Kim blaast de regenboogkleurige vlek op de sterke koffie uiteen tot en paar kleinere, die zich weer bij elkaar voegen zodra ze stopt.

'Sorry,' Ewoud strijkt over haar wang, 'maar het kan toch zo zijn dat je veel, nou ja, wisselende contacten hebt, zeg maar.'

'Alleen jou. Ik heb een vaste vriend waar ik mee woon.'

'Wel godverdomme.' Hij staat op en schuift met een ruk zijn stoel aan, de poten schrapen luid over de vloer.

'Teef. En geef die shawl ook terug.' Hij houdt zijn hand op. Kim breekt de koek middendoor en legt de helft in zijn hand. Als hij daar maar zo blijft staan pakt ze de koek terug en propt hem in haar mond.

'Zwangere vrouwen snoepen graag. Jij mag bedenken hoe we hem gaan noemen. Wat dacht je van Roderick-Lodewijk-Arthur-Lancelot-Henk Bakker?' Ze glimlacht liefjes.

'Jij bent van God en alle mensen verlaten.' Ewoud zinkt hoofdschuddend weer neer. 'Jij bent van God en alle mensen verlaten, dat had ik op kamp al gelijk gezien.'

'Maar ik kan er wel wat van.'

Ewoud hoort haar niet. Hij tikt met zijn lepel op de rand van zijn schoteltje. De pauze loopt ten einde en groepen studenten gaan luid pratend de trappen op naar de lokalen.

'Wat zei ik?' Ewoud kijkt Kim aan. 'Van God los bedoel ik natuurlijk hè, van God los, losgeslagen, zonder enige' hij schudt zijn hoofd weer. 'Ongelooflijk, dus ze heeft een vriend. Zeker die pipo in die debiele gouden Volkswagen.'

'Ja. Wel een beetje extravagant hè?' Kimt schept wat spijs uit de koek en laat het op haar tong smelten. 'Daar houdt hij van. Hij is kunstenaar, vandaar. Nogal bekend ook.'

'O. Ik hou helemaal niet van kunstenaars. Ze doen altijd zo, ik weet niet. Je wordt geen moer wijzer van ze.' Hij draait zijn kopje heen en weer op het schoteltje. 'Ik hou er helemaal niet van. Een kunstenaar is wel de laatste door wie ik me zwanger zou laten maken. Net als glazenwassers en eigenaars van meubelpaleizen. Gadverdamme.'

'Hij is nogal bekend. Stef van Vliet, schilder en beeldhouwer. En ik heb al gezegd dat het van jou is.'

Ewoud wuift haar woorden weg. 'Nee, nooit van gehoord. Van Vliet zegt me niks. Ik ken helemaal geen kunstenaars, gelukkig. Zeker niet van naam. Ik interesseer me er helemaal niet voor.' Hij steekt zijn hand op naar een jongen met roodgeverfd haar die de hal binnenstuift en richt zijn aandacht weer op het kopje. 'Van Vliet zei je? Nooit van gehoord. Het is toch allemaal interessantdoenerij. Ik haat ze. Heb je dat hertelepeltje aan hem gegeven?' Hij kijkt haar gespannen aan, zijn bovenlichaam naar haar toe geleund.

'Ja.' Kim kijkt op haar horloge.

'O, zo zit dat.' Ewoud houdt zich vast aan de tafelrand en wiebelt op de achterste poten van de stoel heen en weer. 'Jaja, dus zo zit dat. Met mij gezellig winkelen om souvenirs te halen voor jouw vriendje. Ik denk,' hij priemt met een vinger in Kims richting, 'dat ik vanavond maar eens langskom om die pipo van je de waarheid te vertellen.'

'Daar houdt hij helemaal niet van.'

'Nee, wie wel? Wie vindt het wel leuk dat zijn wijf zich een week lang in de bossen laat pakken door iemand anders? En zich nota bene ook nog zwanger laat maken!'

De kantinejuffrouw kijkt hun kant op.

'Praat niet zo hard,' zegt Kim, 'en dat bedoel ik niet. Stef is niet zo'n burgerpik, hij vindt dat je moet doen waar je zin in hebt.'

'Een kunstenaar met verlichte ideeën,' Ewoud knikt quasi begrijpend, 'natuurlijk, maar als ik hem gedetailleerd uit de doeken doe wat ik met jou heb uitgevoerd piept hij wel anders. Zo zijn ze, die kunstenaars.'

Kim staat op. Ewoud laat zijn stoel met een klap op de voorpoten neerkomen.

'Vanavond sta ik bij je op de stoep.'

'Je weet niet eens waar ik woon.'

'Zoveel Van Vliets zijn er niet.'

Hij staat achter haar als ze de zware houten buitendeur opentrekt en slaat zijn armen om haar buik.

'Dit is van mij,' zegt hij, 'en dat zul je weten ook.'

Kim zit op de grond voor de kachel en knipt haar teennagels. Stef kijkt naar het journaal. Toen hij na het eten fluitend in de keuken het toetje klaarmaakte—vanille ijs, melk en passievruchtsiroop tot milkshake gemengd in de mixerblender—, trok Kim de telefoonstekker half uit het contact.

Ze drukt haar vingertop op een afgeknipte nagel, hij blijft plakken en ze deponeert hem in de asbak.

Stef leegt de asbak in de keuken.

Hij komt terug met twee flesjes bier in zijn hand, hij doet de gordijnen dicht, en ze nestelen zich op de bank. Kim met haar hoofd op zijn buik zodat ze hem voelt slikken en ademen.

Als een mes steekt het geluid van de bel door de stilte.

'Niet opendoen,' zegt Kim zo rustig mogelijk en strijkt Stef over zijn dij.

'Wat?' Stef opent zijn ogen half en gaapt, 'natuurlijk niet.'

Driftig rinkelt de bel nog een keer en nog een keer heel lang.

'Hij ziet het licht branden.' Kim gaat rechtop zitten, haar hart klopt in haar keel. Er wordt op de deur gebonkt.

'Laat ik toch maar even kijken,' zegt Stef, 'beetje lullig eigenlijk.'

Ze trekt hem aan zijn kontzak naar beneden, legt haar hand in zijn kruis en duwt haar tong zijn mond in. Stef pakt haar bij haar bovenarmen en houdt haar lachend van zich af.

'Kleine meisjes hoeven niet zulke grote lusten te hebben,' plaagt hij en laat haar tevergeefs worstelen om dichterbij te komen.

Nog een keer wordt er doordringend en lang gebeld, dan kleppert de brievenbus.

'Ha leuk, post!' Stef is al overeind geveerd en snelt de gang in.

'Laat dat liggen!' schreeuwt Kim en rent hem achterna. Stef kijkt verwonderd om.

'Wat krijgen we nou? Doe ik iets verkeerds?'

De brief is halverwege de bus blijven steken. Het bonst in Kims slapen. Door de matglazen voordeur glimt de gouden Kever brutaal de gang in.

'Sorry.' Ze staart naar de grond, ervoor zorgend dat haar schouders iets afhangen en ze snift: 'Maar ik hou zoveel van je.'

'Weet ik toch.' Stef klopt op haar rug en drukt haar zacht tegen zich aan. 'Maar waarom ben je nu zo overstuur?'

'Omdat ik me zo onbelangrijk voel als jij zomaar wegloopt terwijl we net gezellig knuffelen.' Ze fluistert het en drukt haar hoofd tegen zijn schouder.

Stef leidt haar langzaam de kamer weer in.

'Wat moet er nou van jou worden kleintje, als ik er niet ben?'

Na een halfuur wordt er weer gebeld, de klep van de brievenbus gaat omhoog en het is stil.

'Hij heeft de brief natuurlijk gezien,' zegt Stef, 'zo lijkt het echt alsof we er niet zijn.' Hij staat op, slaat een laken rond zijn blote onderlijf en gluurt langs de zijkant van het gordijn naar buiten.

'Godverdomme!' roept Kim.

'Ja, sorry.' Stef spiedt links en rechts de straat in. 'Ik kan het even niet laten. Maar er is toch niets te zien.' Hij kust Kim over haar hele lichaam, tussen de lichte smakgeluidjes door zegt hij: 'Het viel me niet meer op hoe belachelijk die auto is. Veel te opvallend. Het spijt me voor jou schatje, maar ik denk dat ik hem gewoon donkerblauw laat spuiten.'

Zodra de wekker afgaat springt Kim uit bed.

'Blijf maar liggen,' zegt ze tegen de donkerbruine haardos van Stef die net boven de dekens uit komt, 'ik maak wel thee.'

Ze kwakt de ketel op het fornuis en breekt in de haast vier lucifers.

Op de mat ligt de witte envelop. Haar vingers zijn klam als ze de klep openvouwt en het briefje eruit trekt.

'Stefanus, heb twee vrijkaartjes voor THE BEACHHOWLERS!!! Vanavond. Wie dit mist is DOM. Groet, Bas the Bass.' The Beachhowlers. Dit zal Stef echt niet leuk vinden. Ze peinst hoe ze dit goed kan maken. Als de ketel fluit weet ze het nog niet. Ze frommelt het briefje in elkaar.

'Zal ik die thee dan maar doen,' roept Stef.

'Ik heb nog wel in het telefoonboek gekeken. Vier pagina's Van Vliets en daartussen ontelbaar veel schilders-beeldhouwers Van Vliet. Jij zag mij al bij allemaal aanbellen zeker?' Ewoud kijkt Kim grinnikend aan. Alle bankjes in de hal zijn bezet. Kim zit op een tafel vol folders en krantjes en Ewoud staat tegen de muur geleund. Met de punt van zijn schoen wrijft hij de peuk stuk die Kim net heeft laten vallen.

'En dit moet je niet verkeerd opvatten,' hij duwt de handen in zijn zakken en haalt diep adem, 'maar ik geloof je ook niet zo erg bij nader inzien.'

Kim laat zich van de tafel glijden en neemt met haar kont dakpansgewijs een stapel papier mee. Na de pauze begint een colloquium over de cadmiumconcentratie in verschillende bodemgeleedpotigen; ze kan net zo goed naar huis gaan.

De hele weg fietst Ewoud achter haar aan. Kim scheurt over de grachten en door de smalle straatjes, soms, een auto ontwijkend, rijdt ze over de stoep en als een stoplicht op rood springt racet ze snel door.

Hij houdt haar bij, de panden van zijn colbert flapperend achter zijn rug en zijn korte zwarte haar recht overeind. 'Wacht nou!' schreeuwt hij, 'van de Romeinen geloof ik toch ook niet alles.' En als hij bij een kruispunt moet stoppen roept hij haar na: 'Laat dan een test doen!'

Een tram waarschuwt luid rinkelend als ze de straat oversteekt naar haar huis. Ze zet haar fiets op slot, wandelt naar de voordeur en zoekt rustig in al haar zakken naar de sleutels.

Ewoud rijdt de stoep op, hij remt, zijn voorwiel draait een slag en slaat zacht tegen Kims been.

'Wacht nou even trut,' hij leunt hijgend met zijn ellebogen op het stuur, 'je begrijpt het weer helemaal verkeerd. Ik geloof je natuurlijk wel, maar ik wil eerst harde bewijzen.'

'Het is nog te kort voor een zwangerschapstest.'

Ewoud krabt op zijn hoofd. 'O. Maar hoe weet je dan dat je zwanger bent, als ik vragen mag?'

'Ik heb toch gezegd dat ik over tijd ben.' Kim zucht alsof ze dit voor de honderdste maal staat uit te leggen.

'Jaja,' zegt Ewoud haastig, 'ja natuurlijk. Sorry. Maar ik bedoelde ook geen zwangerschapstest eigenlijk, ik bedoelde een DNA-test. En gelijk een aidstest graag.'

Kim opent de deur en maakt een uitnodigend gebaar. Ze weet zeker dat Stef op school is, hij is zo bang dat hij eraf wordt gestuurd dat hij geen uur mist en dus zeker tot over vijven weg blijft. Vanochtend hadden zij en Stef ruzie, Stef was pisnijdig toen hij het hoorde van die kaartjes. Bas had erover gebeld, net toen ze op het punt stonden uit huis te gaan. 'Godverdomme,' Stef legde de hoorn op, 'had jij het niet kunnen vertellen? Jij hebt dat briefje toch opgeraapt? Wat ben je ook een egoïst. Als alles maar gaat zoals jij het wilt, hè? Maar daar gaat verandering in komen, let maar op.'

'Ik wou als verrassing, om het goed te maken vanmiddag kaartjes voor The Scene gaan halen, die zijn overmorgen in Paradiso. Die vindt jij toch ook heel goed, schatje?' Ze legde een hand op zijn schouder. Toevallig wist ze zeker dat die band dan speelde, op de muur voor de universiteit hing al weken een poster. Stef schudde zijn hoofd. 'Volgens mij klopt er toch iets niet.' Zonder te groeten waren ze allebei vertrokken.

Ewouds blik gaat naar de Kever voor de stoep. Hij fronst en schudt zonder Kim aan te kijken zijn hoofd.

'Ik moet zo weg. Ik moet mijn moeder bellen. Ik ga volgend weekend maar weer eens naar haar toe. Het zit wel goed weet je, laat maar. Ik moet ook boodschappen doen. Andere keer graag.'

Een Turks gezin, de vader voorop en de moeder met volle tassen erachter, scharrelt voorbij. Het jojoënde kleutertje steekt haar tong uit tegen Ewoud.

'Tyfusturk,' sist hij, 'wat wonen hier toch belachelijk veel Turken. En als je dat zo ziet'—hij knikt het gezin na—'dan kun je je toch niet voorstellen dat dat volk ooit een gigantisch groot en machtig imperium had, dat is toch volslagen onwaarschijnlijk.'

'Ik wil met je mee.'

Ewoud kijkt Kim niet-begrijpend aan.

'Ik wil mee naar je moeder. Je hebt het op de Veluwe zelf gevraagd.'

Ewoud denkt na en belt met zijn fietsbel. Lacht en buigt voorover om Kim een kus te geven. 'Ja leuk. Mijn moeder zal het ook ten zeerste waarderen.' Hij belt nog een paar keer. 'Ze is wel een beetje vreemd,' snel blikt hij op naar Kim, 'soms. Ze heeft geprobeerd mijn vaders minnares te vermoorden.

Maar dat was haar goed recht natuurlijk. Niet noemenswaardig eigenlijk. En ze woont in een mooie bosrijke omgeving, het puikje van de zalm inzake de Nederlandse flora en fauna.'

'Verstild en delicaat,' zegt Kim.

'Alweer?' Stef zit, met een kussen achter zijn rug, rechtop in bed en slurpt van zijn thee. 'Vorig jaar ging je nooit op excursie en nu opeens om de haverklap. Je bent niet meer weg te rammen bij die uitstapjes.'

Kim pakt wat ondergoed uit de kast en stopt dat in haar rugzak.

'En waar gaan jullie nu weer heen?'

'Het bos in.' Kim probeert een zak maandverband in het toilettasje te duwen, het past net, maar dan kan de tandpasta er niet meer bij. Ze stopt ook een verband in haar broekzak.

'Ben je ongesteld?'

Kim schudt haar hoofd.

'Vanavond of morgen denk ik.'

'O.' Stef stapt uit bed, trekt zijn pyjamabroek uit, hangt hem dubbelgevouwen over een stoel en pakt een handdoek. 'Ik had nog graag met je gevreeën voordat je me weer in de steek laat.' Hij kust Kim op haar haar. 'Maar we kunnen het risico beter niet nemen, straks is het bed weer een smeerboel.' Hij verdwijnt in de badkamer en roept over zijn schouder: 'We kunnen natuurlijk wel gezellig samen douchen!'

Dat doe je maar met je oma, denkt Kim.

Ze gaan tegelijk de deur uit.

'Geen rare dingen doen in de bossen, kleintje,' zegt Stef, 'anders zwaait er wat.' Ze zoenen elkaar totdat iemand uit een voorbijkomende auto naar ze schreeuwt.

'Ga nu maar.' Stef duwt haar zacht naar haar fiets. Hij zwaait totdat ze de hoek om gaat.

Ze had zich verplicht gevoeld echt kaartjes voor het concert van The Scene te kopen en ze waren er samen naar toe geweest. Ze stonden helemaal vooraan en Stef brulde vrolijk met alle nummers mee, een arm om haar heen geslagen. Toch had ze het gevoel dat ze het mislopen van die tickets voor The Beachhowlers wat Stef betrof hiermee niet had afgekocht.

Na college pakken Ewoud en Kim meteen de trein. Ze stappen uit in een plaats waar Kim nog nooit van heeft gehoord.

Ewoud kijkt het station rond. 'Ze had kunnen weten dat ik kwam. Ik kom tenslotte bijna iedere maand en altijd ongeveer met deze trein.'

Ze gaan een telefooncel in, er wordt niet opgenomen en de gulden krijgen ze, hoewel Ewoud hard met zijn vuisten tegen het toestel beukt, niet terug. 'Ik ben haar zoon. Dit is niet normaal. Dat mens is een Medea.' Ze gaan via het parkeerterrein het dorp in, langgerekte wolken trekken langs een blauwe lucht en de zon schijnt behaaglijk in Kims nek.

'Wat?'

'Mijn moeder natuurlijk.'

'Nee ik bedoel, wat is een Medea.'

Ewoud glimlacht en veegt, als om dat te verbergen, langs zijn mondhoeken. 'Soms vergeet ik dat niet iedereen de klassieke oudheid heeft bestudeerd.' Hij blijft staan, plant zijn handen in zijn zij en heft zijn gezicht naar de zon. 'Wat is het hier toch heerlijk ruraal.' De ring schittert fel aan zijn vinger.

'Auuuu,' zegt Kim net hard genoeg om zijn aandacht te trekken en legt haar handen op haar buik.

'O God,' schrikt Ewoud en de rest van de weg houdt hij haar hand vast. Hij legt uit dat Medea een verschrikkelijk slechte vrouw uit de Griekse mythologie is, een ontaarde moeder die haar eigen kinderen en haar mans minnares wreed vermoordt. 'Maar de vraag is natuurlijk, is dat allemaal wel waar. Ze zullen het wel erger gemaakt hebben dan het was.' Hij zwiert hun armen vrolijk heen en weer.

Ze lopen door het dorpscentrum naar een rustige wijk met alleenstaande huizen, tuinen begrensd door heggen en hoge bomen die de stoep in de schaduw leggen. Licht dat zich door het bladerdek weet te wringen vormt wriemelende vlekjes voor Kims voeten. Ze probeert eroverheen te stappen.

'O nee hè, allejezus nee hè. Wat krijgen we nu weer?' Ewoud blijft staan voor een wijdopenstaand traliehek en knijpt hard in Kims hand. Een breed grindpad voert naar een witte villa waar een verbouwing gaande is; er staat een cementmolen op het bordes en daarnaast ligt een stapel hout. Vijf torentjes telt Kim op de villa, kleine en grotere, met blauwe dakpannen die zich goudglimmend koesteren in de zon.

'Ik word nog eens dol van dat mens,' zucht Ewoud, 'dan weer dit en dan weer dat, moet je nou weer kijken. Nooit kan iets eens normaal blijven zoals het was. Wat is ze nu in godsnaam weer van plan.'

Langs het pad staat een fontein in de vorm van een cupido op een dolfijn en Kim kan niet bedenken waar het water uit moet komen.

'Moet je dit nou toch zien,' foetert Ewoud ondertussen, 'die bouwvarkens maken er een zootje van.' Hij wijst naar een struik crèmekleurige rozen die nagenoeg onder een hoop zand is bedolven.

'Ik kan me bijna niet voorstellen dat ik hier ooit een gelukkige jeugd hebt doorgebracht. Ik zal zorgen dat mijn kind dit soort dingen niet overkomt.' Hij kijkt naar Kim, die trapt een kiezel het gazon op en fluit een deuntje.

Als ze het huis dicht zijn genaderd valt op dat de ramen zijn vervangen door vellen plastic. Ewoud laat zijn armen moedeloos langs zijn lichaam hangen. 'En waar is dat mens. Waar is dat mens.' Hij blikt op naar Kim en ziet eruit alsof hij elk moment in snikken kan uitbarsten.

Kim aait over zijn wang. 'Kom op E, het valt nog best wel mee. Dat rijmt.' Ze ziet zijn mondhoek trekken, hij snift en prevelt: 'Jij bent echt lief.' Hij strekt zijn armen naar haar uit. Kim voelt weeë krampen in haar onderbuik en wil op zoek naar een toilet.

'Ik moet plassen, laten we een cafetaria in gaan en ons daar verder beraden.'

'Ik wil mijn moeder!' schreeuwt Ewoud plotseling en schopt met zijn volle voetzool hard tegen het bassin van het fonteintje. Het hele geval wankelt licht en een beetje water sprietst te voorschijn uit de pijl die cupido in de aanslag houdt. Leuk, vindt Kim, in ieder geval leuker dan wanneer het water uit de bek van de dolfijn was gekomen.

'Als dat mijn lieve kleine lulletje niet is,' klinkt een luide, vrolijke stem. Een vrouw leunt met een hand tegen de zijmuur van het huis, ze draagt kaplaarzen en haar blonde haar is opgestoken in een wilde bos.

Ewoud trekt zijn colbertje recht. 'O hallo mam, ik heb mijn vriendin meegenomen.'

'Ik had je wel verwacht hoor,' ratelt de moeder en geeft ze allebei een paar klapzoenen, 'en wie is dit, je vriendinnetje zeker.'

'Dat zeg ik toch net.'

'Wat? Wacht even.' Ze trekt uit de geblondeerde pluizenbos een piepkleine koptelefoon en hangt die om haar nek, over een stuk of vier zijden sjaaltjes heen. Nu ziet Kim ook de walkman die met een clip aan de tailleband van haar spijkerbroek is bevestigd. Ewouds moeder neemt Kim van hoofd tot voeten op.

'Je vriendinnetje,' zegt ze nogmaals, meer constaterend dan vragend en wendt zich weer tot Ewoud: 'Jij zou me een groot plezier doen als je die walgelijke ring eens wegsodemieterde.'

'Deze walgelijke ring,' zegt Ewoud plechtig en houdt zijn hand omhoog, 'herinnert mij aan gelukkiger tijden. En bovendien heb ik hem van jou en pa gekregen.'

Ewouds moeder snuift: 'Jij hebt aan je vader en mij, toen je vader nota bene die stoepsnol al had, geld voor je verjaardag gevraagd en dat idiote ding zelf gekocht.'

'Dat komt dus op hetzelfde neer.' Hij stopt zijn beringde hand diep weg in zijn zak.

Ewouds moeder gaat ze voor over een paadje van vochtige, beschimmelde keien aan de zijkant van de villa. Het leidt naar een glooiend grasland. Her en der verspreid staan hopeloos in hun eigen takken verward geraakte knotwilgen en oude fruitboompjes die zich lijken te schamen voor de frivole bloesem die ze dragen. Aan het eind van de tuin, waar hij grenst aan de weilanden, staat een caravan met een opklaptafeltje en een gebloemde opklapstoel ervoor.

'Ik zou nu toch eindelijk wel eens willen weten wat hier in jezusnaam aan de hand is,' begint Ewoud.

'Verbouwing. Lijkt me duidelijk, niet?' De moeder knipoogt vrolijk naar Kim voordat ze bukt en vanonder de caravan nog een paar stoelen pakt.

'Er was niks mis met het huis, het huis was prima, altijd prima geweest.' Ewoud werpt een sombere blik op de achterkant van de villa, en kijkt langdurig naar een ronde uitbouw met een groot gapend gat waar nog geen plastic voor is gespannen. 'Wat heb je met alle posters op mijn kamertje gedaan?'

'Netjes opgeborgen in dozen. Maak je maar niet bezorgd lulletje rozenwater van me, als alles klaar is hang ik ze op precies dezelfde plaatsen weer terug. In jouw eigen kamertje.' Dat laatste zegt ze zoals je geruststellend tegen een kleuter praat als het onweert.

Ewoud trekt een grimas.

Kim heeft het gevoel dat ze gaat doorlekken en er schiet een zeurende kramp door haar baarmoeder. In een reflex legt ze een hand op haar onderbuik. Vertederd kijkt Ewoud toe. Ze vraagt naar de wc en Ewouds moeder wijst naar een houten hok naast een boom.

'Niet te veel papier gebruiken want het is chemisch.'

Kim zit op de oranje plastic pot, tussen de groen uitgeslagen latten met afgebladderde verf. Het is koud en schemerig. Onder de deur is een brede kier waar een felle baan licht door naar binnen valt; als Kim haar voeten zo ver mogelijk naar voren zet staat ze er net met haar tenen in. Ze pakt het toiletpapier van de vloer en laat het, als ze er wat af wil scheuren, vallen, precies in het kruis van haar onderbroek die tussen haar enkels spant, op het besmeurde maandverband. Een tor kruipt uit het gras het hok binnen, scharrelt wat in een kringetje rond en blijft dan naast de pot doodstil zitten. Kim spuugt er, na nauwkeurig gemikt te hebben, een dikke klodder speeksel bovenop en als het diertje paniekerig naar voren schiet stapt ze erop en wrijft het plat. Haar oren gespitst op het kraken van het schild. Ze pakt een Marlboro box uit haar jas, de paar sigaretten die er nog in zitten stopt ze in haar zak. Het papier waar bloed aan is gekomen wikkelt ze van de rol en propt dat samen met het maandverband in het lege doosje.

'Die verbouwing is natuurlijk al onzinnig,' hoort ze Ewoud zeggen als ze het hok uit stapt, 'maar ga dan ten minste in een hotel zitten.'

'Daar heb je je vriendinnetje weer,' Ewouds moeder wuift naar Kim. 'Is het gelukt?'

'Of nee,' vervolgt Ewoud sarcastisch, 'stom dat ik daar niet aan dacht. Na dat verplichte verblijf in dat rijkshotel heb je je buik natuurlijk vol van dat soort dingen.' Hij kijkt zijn moeder uitdagend aan.

'Precies,' zegt ze, 'groot gelijk heb je. Discussie gesloten dus.' Ze schuift een stoel een stuk achteruit voor Kim. 'Ga zitten, lekker wijf. En vertel eens, wat vind jij van mijn nieuwe behuizing.'

Langzaamaan is het schemerig geworden, de bloesem is kleurloos en de bomen lijken zwartgeblakerd. De caravan ligt er trots, als een glanzend, gekanteld ei tussen. Kim kijkt er lang naar en bedenkt dat ze wel iets als 'klein maar fijn' zou kunnen zeggen. Ewoud zit met gebogen hoofd en draait de ring aan zijn vinger rond. Zijn moeder wrijft door zijn haar en fluistert iets wat Kim niet verstaat.

'Jij bent echt van God en iedereen verlaten,' zegt Ewoud toonloos.

Te midden van flarden nevel, achter in een weiland, graast een paard en nog verder weg trekt een zacht ronkende tractor banen.

'Van God los,' zegt Kim.

'Nou is ie helemaal mooi,' Ewouds moeders mond zakt open en ze gaat rechtop zitten, 'bemoei jij je er ook al mee?'

'Nee,' Kim wijst naar Ewoud, 'maar hij bedoelt van God los. Van God en iederen verlaten betekent namelijk eenzaam.'

'Ja, laat maar zitten,' valt Ewoud haar in de rede,

'wijsneus.'

Hij doet zijn ring af en weer om. 'Hoe weet jij eigenlijk wat ik bedoel? Wie zegt'

'Koppen dicht!' Ewouds moeder schopt met haar grote laars tegen de onderkant van het tafelblad zodat het hele ding met een zwaai omkiepert. 'Het zal mij een worst wezen wat wat betekent en wie wat bedoelt! Dat vechten jullie maar uit! Ik ben zo langzamerhand in ieder geval oud en wijs genoeg om zelf uit te maken wat ik doe. En wie het niet bevalt rot maar op.' Met ferme passen bonkt ze de caravan in en begint daar te rommelen met potten en pannen.

Ewoud en Kim blijven buiten zitten tot het donker is. Ewoud tuurt somber naar de villa en zucht af en toe. Kim denkt aan Stef, aan dat hij haar egoïstisch noemde. Het schiet haar te binnen dat hij misschien de auto heeft laten verven, die goudkleur vond hij altijd al niks, ze had echt moeten aandringen om haar zin toen te krijgen. Het maakt haar kwaad en ze probeert zich te concentreren op verschillende vogelroepen, maar het klinkt alsof het allemaal uit de snavel van een en hetzelfde dier komt.

'Ik heb nog een cadeau voor je van de Veluwe.'

'Pak maar voor me uit drol.' Ewouds moeder staat bij het fornuis en tilt een deksel op. Een wolk stoom komt uit de pan en vlug trekt ze haar hoofd terug. Ze schept een brij op de borden en brengt die naar de tafel.

'Een lepeltje met een hert. Dank je wel, makkelijk voor de yoghurt. Ik krijg altijd souvernirs van hem,' zegt ze tegen Kim en wijst op de sjaaltjes die ze om haar nek heeft, 'deze heeft ie bij voorbeeld meegenomen uit Japan. Echt zijde.' Een voor een tilt ze de doekjes op, als om ze te tellen. 'Ik draag ze altijd allemaal als hij komt.'

'Dat hoort niet,' Ewoud prikt met een vork onderzoekend door zijn eten, 'in Japan dragen de dames er een tegelijk. Zo,' hij maakt een sierlijk gebaar, 'in een swing soepel om de hals en de schouders.'

'Wat?' vraagt Ewouds moeder half dreigend, half alsof ze het niet heeft verstaan, een mes stevig in haar vuist geklemd.

Ewoud houdt zijn vork in het licht, zijn moeder ondertussen in de gaten houdend.

Ewouds moeder snijdt met bruuske gebaren haar vlees door, het metaal schraapt over de bodem van het bord.

'Onvoorstelbaar hoe gemakkelijk dat gaat,' zegt Ewoud, 'je neemt wat prullaria mee en iedereen gelooft dat je een globetrotter bent.'

Ewouds moeder schuift met een ruk haar bord opzij. 'Bedoel jij daar iets mee, jongen? Als jij mij iets te zeggen hebt, zeg dat dan, of heb je net zo weinig lef in je donder als die slappeling van een vader van je? Hè?'

Ewoud trekt zijn hoofd tussen zijn schouders en schudt het driftig heen en weer. In een adem zegt hij: 'Nee niks mam, ik bedoel er niks mee, ik erger me alleen aan de goedgelovigheid van mensen, ik bedoel wie zegt nou dat ik echt in Japan of op de

Veluwe ben geweest, ik ben er natuurlijk wel geweest maar stel dat het niet zo is.'

'O,' zegt Ewouds moeder, 'o.'

Twee ingedeukte doperwten kleven aan een stuk aubergine, een voor een prikt Kim ze aan haar vork en eet ze op. In het raam weerspiegelt de lamp en daaronder drie hoofden, het opgestoken haar van Ewouds moeder is uitgezakt.

'Mijn zoon,' Ewouds moeder dept met een van de shawls haar mond, 'maak je niets wijs. Hij heeft geschiedenis gestudeerd maar hij heeft daar zo zijn eigen theorieën over. Heeft hij je dat al verteld?'

Kim knikt. Ze voelt haar maandverband weer vol raken maar ze heeft weinig zin zich nogmaals in dat hok te verschonen. Ewoud zit onbeweeglijk als een spin in zijn web en zijn ogen flitsen van de een naar de ander. Zijn moeder kijkt hem spottend aan, slaat Kim op de knie en zegt: 'Lekker wijf van me, eet je bord leeg, of ben je ziek.' Kim schudt nee en wrijft over haar buik.

'Prop,' zegt ze.

'Ze is zwanger!' Ewoud schreeuwt het opeens uit, 'ze is zwanger mama! Stel je voor, we worden papa en mama, ik krijg een baby, ze is zwanger!' Hij loopt om de tafel heen, duwt in de haast zijn eigen stoel omver en valt zijn moeder om de hals. 'Mama stel je voor,' zegt hij met verstikte stem, 'stel je dat eens voor.'

Kim staart naar haar bord, de saus over de groente is gestold. 'Het is een grap.'

'Zeg het nou maar gewoon schat,' zegt Ewoud opgewonden, 'mijn moeder mag het als enige toch wel weten.' Gelukzalig kijkt hij zijn moeder weer aan. 'Je wordt oma, mama.'

Kim doet even haar ogen dicht en haalt dan het sigarettendoosje te voorschijn. 'Het is een grap.' Een zoetige geur komt haar tegemoet als ze de inhoud opengevouwen op tafel legt. Ewoud stapt dichterbij en kan zijn ogen er niet van af houden. Ewouds moeder begint na een blik geworpen te hebben te schateren, ze houdt zich met een hand vast aan de tafelrand en met de andere grijpt ze naar haar maag, tranen rollen over haar wangen. 'Goed zo meisje,' hikt ze, 'neem ze maar flink te pakken, dat is wel eens goed voor ze,' en ze barst weer uit in een lachbui.

Ewoud, die verstijfd naar het verband kijkt, draait zich meteen om en schreeuwt: 'Sommige vrouwen hebben daar zelfs maanden zitten voor over wegens poging tot moord! Ik wou godverdomme dat je die slet echt had vermoord! Dan was je tenminste tien jaar opgeborgen! Twee vliegen in een klap!'

Zijn moeder springt op hem af, grijpt hem met een hand beet aan zijn revers en grist een mes van de tafel. 'Kankerjong,' sist ze, 'vuil smerig kankerjong.'

Ewoud giert hysterisch, zo hoog en hard dat het pijn doet aan Kims oren. Ze wil naar huis.

Ze heeft Ewouds moeder hard aan haar haren naar achteren getrokken en haar een flinke klap in het gezicht gegeven. Ewouds moeder schrok en Kim kon het mes afpakken.

Zover Kim zich herinnert heeft niemand meer iets gezegd. Ewouds moeder bleef maar over haar wang strijken, ze klapte het bed naar beneden en trok zonder zich uit te kleden de lakens over zich heen. Haar haar leek grijs. Kim spreidde de kussens van de bank op de vloer uit, trok Ewoud, die als een etalagepop was blijven staan, naast zich en wurmde hem uit de kleren.

Ze ligt in de blauwgrijze schemering en luistert naar de hortende ademhaling van Ewouds moeder achter in de caravan. Ze is blij dat ze niet meer hoeft te doen alsof ze zwanger is, ze had zich al zorgen gemaakt hoe ze, met een dik nachtverband om, in bed Ewoud van zich af had moeten houden.

Als Kim wakker wordt kleurt de lucht in slierten oranje en rood achter de villa. Ze spoedt zich naar buiten om zich te verschonen. Het gras is nat en als ze terugkomt van het toilet glinsteren haar gympen van de dauwdruppels. Ze doet een paar hink-stap-sprongen, glijdt bijna uit en rent als een haas zigzaggend tussen de fruitbomen door naar de villa, spurt het bordes op. Als iedereen gewoon altijd zijn mond dichthield, zou het leven veel leuker en eenvoudiger zijn, bedenkt ze, uitkijkend over de tuin en de weilanden. Als niemand iets zei, behalve dingen die je echt moet weten, zoals wanneer de bank open is en of er salmonella in de eieren zit.

Bij het paard staat, met rubberlaarzen tot over de knie en de handen in de zakken, Ewouds moeder.

'Dag schat,' ze kust Ewoud op de wang. Drukt Kim tegen zich aan. 'Tot ziens lekkere klootzak.'

Ewoud doet verbaasd een stap achteruit. 'Hoe noem je haar?'

'Hè,' zegt zijn moeder zonder Kim los te laten, 'je weet toch hoe ik dat bedoel, dat snapt ze heus wel, ik vind 'r een leuk wijf.'

'Daar heb ik het dus niet over, ik ken je langer dan vandaag. Ik ben je zoon hoor.' Hij mompelt erachteraan: 'Naar ik toch wel mag aannemen hoop ik.'

'Nou dan.'

'Ik weet dat je zulke dingen zegt als je iemand lief-, wel mag,' Ewoud trekt met de punt van zijn schoen een baan in het grindpad. 'Je hebt nog nooit klootzak tegen mij gezegd.'

Ewouds moeder zet haar walkman op en zwaait ze uit.

'Ik geloofde je vanaf het begin al niet.' Ewoud loopt een stuk voor Kim uit. 'Denk maar niet dat ik jou ooit heb geloofd. Vanaf dat ik jou zag wist ik dat jij geen geloofwaardig persoon was. Volslagen van God los jij.'

'Goed zo.'

'Wat?'

'In een keer goed, van God los.'

'Kutturk.' Hij spuugt het woord uit.

Ze zwijgen tot ze bij het station zijn.

'Als het wel waar was,' zegt Kim in de rij voor het loket, 'had ik abortus laten plegen.'

Verschrikt kijkt Ewoud om maar hij herstelt zich snel en zegt luchtig: 'Ja waarom ook niet. De pil en condooms vindt iedereen normaal, terwijl dat ook moord is. Een soort moord vooraf gepleegd. Dus waarom ook niet, ja.' Hij haalt zijn schouders op en trekt zijn portefeuille om de kaartjes te betalen.

'Ik zou trouwens ook absoluut geen naam hebben geweten.'

Na aankomst op het Centraal Station zegt Ewoud: 'Ik zie je op de universiteit,' en wringt zich al door de meute heen de roltrap af.

Pal voor de huisdeur staat, glanzend donkerblauw gespoten, de Kever.

'Hallo lieveling,' begroet Stef Kim en hij omhelst haar niet want hij heeft houtskool aan zijn handen, 'hoe heb je het gehad?'

Turgor

'Niet dat ik geen Amerikaans versta, natuurlijk wel. Het is best aardig, een vriendinnetje dat Amerikaans spreekt. Maar op den duur wordt het toch vervelend. Irritant. Dat gezeik in het Amerikaans de hele tijd. Ik mis haar wel nog steeds.'

'Hoe,' vraagt Menno. Zijn oogwit schittert kil in de schemering. Hij ligt op bed en staart naar JP.

'Hoe of Who.'

'Hoe natuurlijk. Haar. Dat missen. Hoe dan.'

JP kijkt naar zijn fosforescerende veters. Ze waren verdacht goedkoop en ze lichten dan ook nauwelijks op. De geur onder haar oksels, soms rook hij die opeens. Deodorant die hem aan de toiletverfrisser van zijn oma deed denken en een zweetgeur die hem mateloos opwond en afstootte tegelijk omdat het zo jongensachtig was. Ze had van die lieve witte donshaartjes op haar schouders, bijna onzichtbaar. Marleentje-eendje noemde hij haar, maar nooit hardop.

'JP! Hoe! Zeg dan wat man!' Menno schopt rakelings langs JP's knie, 'zeg wat!'

JP haalt diep adem. 'Weet ik veel. Gewoon, dat je denkt was die en die maar hier. Marleen dus in dit geval.'

Menno gaapt en rekt zich uit, hij stoot met zijn handen tegen de schuine wanden van zijn zolderkamertje. Beneden, op straat, rijdt luid rinkelend een tram.

'Zevenennegentig,' zegt Menno, 'dit is de zevenennegentigste keer vandaag dat ik een tram voorbij hoor komen. Hoeveel richting stad en hoeveel richting Oost weet ik niet. Dat is bij harde wind verdomde moeilijk, bepalen welke kant een tram opgaat.'

JP wacht tot het geluid van de tram helemaal is weggestorven, het moet stil zijn voordat hij over Marleen mag praten.

'Ze is mooi. Soms liep ze in huis rond alleen in haar ondergoed. Dan keek ik gewoon. Lila met kant, of zwart.'

'Lingerie. Geil.'

'Ja.'

'Soms staat het ook helemaal niet bij een meisje. Over wie heb je het eigenlijk, toch niet nog steeds over dat zelfde kind.'

'Menno!' Zijn zusje roept van onder aan de trap, 'mama vraagt of je je vriend naar huis kan sturen want we moeten zo eten!'

JP is blij dat ze worden onderbroken. Over Marleen zou hij met zijn oma wel goed kunnen praten. Zodra hij aan zijn oma denkt, met haar benen vol spataderen gestrekt op de poef, krijgt hij een warm, tintelend gevoel van binnen.

'Eten,' zucht Menno, 'dat kleine zusje van mij houdt zich nergens anders mee bezig dan dat we moeten eten. Maar ze mag zich gelukkig prijzen; ze is nog op zo'n leeftijd dat ze elke dag als een feestdag ervaart.'

'Het is een feestdag als er een bankafschrift in je bus valt waarop staat dat je beurs is overgemaakt. Twaalf feestdagen per jaar.' JP vist de half opgerookte joint uit de asbak, veegt hem af en stopt hem in zijn pak shag. Hij heeft zin in bier, misschien moet hij maar gaan kijken of Elia nog wat in huis heeft. Hij heeft hem lang niet gezien; toen hij biologie studeerde had hij niet zoveel tijd voor sociale contacten buiten die met medestudenten. Het kwam er niet van, zo gaat dat. JP staat op. 'Weet je Menno, soms denk ik dat de wereld zo'n broeikas van ellende is geworden na de komst van de media. Met de krant is de kiem gelegd en de televisie heeft de zaak onomkeerbaar gemaakt. Je slaat bladzijden om of schakelt over en het is alsof je op de plee zit, een stortbak informatie over je heen.' Voor die leuke, vlotte vergelijkingen hoeft hij niet eens veel moeite te doen. Hij is er al behoorlijk in getraind. De echte briljante kosten iets meer moeite.

'Er zit geen logica meer in. VOC schip met intacte lading opgedoken voor de kust van Madagascar, IRA pleegt aanslag in Londen, Karpetland grandioze uitverkoop, kustafslag op waddeneilanden onrustbarend, Pettersson scoort dit seizoen al vijftien keer voor Ajax, Kotzebue blijkt in plaats van door Rus door Duitser te zijn gesticht en er sterft een paus. Dit alles op een halve krantepagina. Vroeger was de wereld nog overzichtelijk. Stel je een dorp in de Middeleeuwen voor, toen had alles nog een logische volgorde. Alles gebeurde gewoon na elkaar en dicht in de buurt. Je kon een mening over dingen hebben omdat je verbanden tussen gebeurtenissen kon leggen en je eigen plaats in het geheel wist.'

Gelukkig maar dat hij heeft besloten geen filosofie te gaan studeren; hij heeft er zo'n natuurlijk talent voor dat het verspilde tijd zou zijn. Om een al te tevreden grijns enigszins te maskeren krabt hij aan een puistje op zijn kin.

'Right,' Menno komt steunend op zijn handen langzaam overeind, 'dat heb je goed gezegt JP, je bent een held. Je gaat vast nog eens uitgroeien tot een cultfiguur, de verwoorder van wat leeft onder onze generatie. Heil aan JP!'

Even is JP in verwarring, aan Menno's gezicht is niet te zien in hoeverre hij meent wat hij zegt. JP kiest het zekere voor het onzekere en vervolgt: 'Mensen als jouw zusje moeten we koesteren en beschermen. Ze zo lang mogelijk in de waan laten. Ze hebben nog geen enkel benul.'

Ze staan vlak naast elkaar bij de deur. JP zou nog iets willen zeggen maar hij weet niet wat. Hij luistert naar Menno's ademhaling, Menno in zijn donkerrode kamerjas. Hij heeft hem zelden in gewone kleding gezien. Menno moet ook beschermd worden tegen de boze buitenwereld. Hij moet Menno's leermeester en guardian angel zijn. Soms zou hij hem tegen zich aan willen drukken, dat naar sigaretten ruikende touwhaar onder zijn neus voelen kriebelen, maar dat zou totaal verkeerd kunnen worden opgevat.

Menno's kamerjas is bij het zitvlak zo versleten dat de stof daar op een horretje lijkt. Grappige beeldspraak verzint hij zomaar weer even.

'Ik ga een patatje halen.'

Menno gaat hem met grote passen voor naar de trap.

'Jou kennende wordt een patatje halen de hele nacht aan de fruitmachine. De realiteit gereduceerd tot drie meloenen. De filosoof gaat voor de draaiende rollen. Kom je vanavond nog terug?'

Liggend op bed lijkt Menno lang en groot. Nu hij in de deuropening staat, armen tegen de kou voor de borst gekruist, valt het JP weer op hoe tenger hij is in die te grote kamerjas.

JP rilt. Zijn houthakkersjack is te dun voor de tijd van het jaar. Hij ritst het tot bovenaan dicht en trekt de mouwen over zijn handen. Op een draf gaat hij naar het station; hij gaat naar zijn oma.

De coupé is weerspiegeld in het raam. JP bekijkt zichzelf en trekt de klep van de baseballpet naar voren. Het lijkt Menno te ergeren als hij over Marleen praat. Menno had een keer gezegd dat hij genoeg van het gezeik van de wijven had, dat ze hun bek moesten houden. Dat had hij beaamd; bek dicht en benen wijd, geen gelul. Maar sommige meisjes zijn oké, had hij eraan toegevoegd, zoals Marleen, dat was een tof en een lekker wijf, het was ontzettend jammer dat ze weg was.

Menno had spottend een mondhoek opgetrokken, 'ja? Ga huilen dan. Ga dan huilen JP'tje.'

Hij moet maar niets meer over Marleen tegen Menno zeggen. Een man met felblauwe ogen staart JP van de bank schuin tegenover onafgebroken aan. JP doet de rest van de treinreis alsof hij slaapt.

Hij stapt uit de trein en gaat bij de bloemenkiosk voor het station rechtsaf. Hij telt zijn kleingeld na maar heeft zelfs niet genoeg voor de goedkoopste bos narcissen.

Hij loopt nooit meer door de hoofdstraat van het dorp, omdat hij zijn ouderlijk huis wil vermijden. Met de handen in de zakken van zijn trainingsbroek, die een mooie glans krijgt in het licht van een lantaarnpaal, gaat hij fluitend over de stoepen in de buitenwijk. Langs eengezinswoningen en bungalows, die er nog niet stonden toen hij hier woonde.

Hij spurt de trap op naar de eerste verdieping van het bejaardentehuis. Flarden braadlucht en een flauwe zuurkoolgeur trekken uit de flatjes in de schemering, verder ruikt het hier nergens naar. Die etenslucht is als vogelstront op een pas gelapt raam. Toen hij naar de stad verhuisde had hij verwacht dat hij nooit aan de mengelmoes van geuren daar zou wennen. Het bejaardentehuis was er toen hij vertrok nog niet. Er waren op deze plek weilanden met loom grazende koeien en de tijd ging hier lekker langzaam alsof hij eerst moest worden herkauwd.

Opvallende vergelijking, JP voelt zich goed.

Vanuit zijn zolderkamertje kon je helemaal tot aan de vuilnisbelt in de duinen zien. Met zijn verrekijker tuurde hij middagen uit het tuimelraam, naar de meeuwen die erboven rondcirkelden en als het helder weer was zag je achter de duinen zelfs de zee. Hij keek tot zijn onderarmen rood waren.

De stad deed hem soms, door alle troep die in de straten lag, aan een vloedlijn denken. Daar ging hij nog eens een gedicht over schrijven. Als het maar niet verkeerd werd begrepen. Hij miste de zee namelijk niet, dat moest niemand gaan denken, hij ziet geen enkele reden waarom hij de zee zou moeten missen.

'Jan-Paul! Ik ben blij dat ik zo'n lieve kleinzoon heb die onverwacht zijn oude oma opzoekt.' Ze trekt hem naar binnen en drukt haar gerimpelde wangen tegen de zijne. JP krijgt meteen een warm gevoel omdat ze hem Jan-Paul noemt, het maakt nooit zoveel uit wat ze ervoor of erna zegt.

'Zet jij koffie lieverd.'

JP hangt zijn pet aan de kapstok en loopt door naar de keuken. Het hele huis ruikt naar oma, elk kastje dat je opentrekt, en zelfs als hij het deksel van de koffiebus oplicht, slaat hem dat zoetmuffe pantoffelluchtje tegemoet.

'Let's party sweet little girl,' zingt JP en schenkt de kopjes vol.

Oma's benen rusten op de poef met groene en rode kamelen die JP voor haar in Tunesië heeft gekocht toen hij daar met zijn ouders op vakantie was.

'Kom lekker dicht bij me zitten Jan-Paul.' Ze wijst op de fauteuil naast zich, 'gezellig.' Ze roert in haar kopje, zacht tinkelt het lepeltje tegen het porselein, en neemt kleine slurpende slokjes.

'Wat leuk dat je er bent jongen,' ze knikt hem toe.

JP is in de stoel geploft en kijkt naar haar dunne, in bruine panty's gestoken benen op de poef. Hij weet nog precies waar hij hem heeft gekocht; in een smal steegje volgestouwd met koperen potten en tapijten. Hij had de poef gekozen die het slordigst was afgewerkt en net zo lang afgedongen en op de rafels gewezen tot hij maar drie dinar hoefde te betalen. De Arabier gaf hem mokkend het wisselgeld en richtte zich al weer op een andere voorbijganger. Zijn moeder had het warm, ze veegde haar voorhoofd af met haar halsshawl, haar bh-bandje zakte van haar schouder en ze wilde terug naar het hotel. Zijn vader verkondigde luid dat Arabieren voor honderd procent meevielen als je ze in hun natuurlijke omgeving zag.

Hij kijkt naar de afhangende draden, de onzorgvuldig geverfde kamelen en naar de spataderen die zich als slapende wormen onder oma's panty aftekenen. Zij zou van haar leven niet in Tunesië komen.

'Oma.'

Als ze vriendelijk opkijkt van haar kopje weet hij niets meer te zeggen. Hij haalt de koektrommel uit de keuken.

'Je vader en je moeder waren hier vanmorgen nog.'

JP propt een krakeling in zijn mond.

'Ze zouden het leuk vinden als je weer eens langskwam.'

JP vermaalt de koek aandachtig.

'Ze zijn benieuwd hoe het met je gaat, of het op school prettig is.'

JP staat op, veegt de kruimels van zijn broek op het beige tapijt en gaat weer zitten. Met een hoofdknik wijst hij naar de poef.

'Handig ding is dat, hè oma?'

JP eet nog twee koeken, oma drinkt langzaam haar kopje leeg.

'Nou,' zegt oma opeens opgewekt en beweegt haar voeten, 'ik ben hier zo blij mee. Heb jij dit niet voor mij gekocht toen je met je vader en moeder in Tunesië was?'

'Nee.'

Oma buigt zich naar voren, haar ruggegraat en ribben verschijnen als in reliëf gebreid achter op haar vest.

'Ik zou toch menen dat er onder een van die kameeltjes 'Tunis' stond. Ik heb alleen maar lagere school hoor, maar dat is toch een afkorting van Tunesië.'

'Dat is de hoofdstad. Dat was in jouw tijd ook al zo oma. En ik was daar alleen.' Oma probeerde elke aanleiding aan te grijpen om over zijn vader en moeder te beginnen. Daar moest ze mee ophouden.

Oma prikt met een breinaald door haar panty en krabt ermee tussen haar tenen. Nauwelijks hoorbaar piept het nylon heen en weer over de ijzeren pen.

Toen hij nog hier woonde zat oma in haar eigen huisje, met een hoge stoep ervoor waar ze elke ochtend haar ontbijtbord van de kruimels ontdeed. Naast de deur stond een hulstboom. Op school had hij geleerd dat hulstbomen het hele jaar door groen bleven maar in de winter werd deze nagenoeg kaal. Daarom vond oma het niet goed dat de hele buurt er rond de Kerst takjes afhaalde voor in kerststukjes. Zijn moeder deed het stiekem, om elf uur 's avonds, als oma al sliep. Hij vond dat stelen.

JP pakt nog twee koeken. Oma zit als een klein verfrommeld trolletje weggezakt in haar vest tussen haar tenen te prikken met de breinaald. Ze doet er misschien wel een of twee uur over naar de super-markt en weer terug. In haar geruite boodschappen-tas, met geplastificeerde naden die loslaten, zit dan alleen een pak melk, een half bruin en een doos koekjes die hij nu binnen vijf minuten achterover-slaat. Hij legt de krakelingen terug.

Met een oog kijkt hij door een gat in de openge-werkte vitrage. Door steeds van oog te wisselen ver-springt de lantaarnpaal bij de oprijlaan voor het tehuis van links naar rechts. Jump babe jump, zingt hij bij zichzelf.

'Oma heeft wel zin om gezellig tv te kijken, kijk jij eens of er iets op is Jan-Paul.'

JP schrikt op en rekt zich behaaglijk uit. 'Oké oma,' gaapt hij, 'here it comes.'

Hij schakelt van het ene naar het andere net. 'Wat wil je zien, dit of dit of dit, zeg jij maar stop oma.'

Oma's gerimpelde nek steekt als een stuk schroef-draad uit het vest richting televisie, op haar neus heeft ze haar nieuwe bril met modern, dun goud-kleurig montuur waardoor ze zelf uit de tijd lijkt.

'Je doet het te snel, zo zie ik niets.'

JP kijkt nu zelf ook naar het beeld; donkergrijze schimmen bewegen tegen een zwarte achtergrond, op elke zender. Hij draait aan alle knoppen, het geluid wil niet harder dan een fluistertoon, hij schudt het toestel en kijkt aan de achterkant of er geen losse draden hangen.

'Rustigrustig, Jan-Paul. Voorzichtig ermee.' Oma komt overeind.

'Je ziet toch zo geen moer oma. Je kan dit ding net zo goed wegpleuren.'

'Jan-Paul, praat een beetje netjes! En deze televisie weggooien!' Ze schudt haar hoofd. 'Ik heb dit toestel al dertig jaar! En wat denk je dat het toen al niet kostte!'

'Een paar dubbeltjes.'

'Jullie smijten tegenwoordig maar alles weg. Deze televisie is prima. Je ziet nog best wel wat.' Ze zinkt terug in haar stoel en ziet er vermoeid uit, haar adem piept.

'Oké oma, ik zet wel een programma op dat ondertiteld is, dan begrijpen we er tenminste nog iets van.'

Oma knikt en glimlacht, haar ogen vallen half dicht. De oogleden zijn net paddehuid; dik geplooid met bobbels.

Ze gaat dood, denkt JP. 'Oma!'

Als oma verbaasd opkijkt zegt hij: 'Niet in slaap vallen oma. We gaan toch televisie kijken. Ik maak sterke koffie voor je.' Hij gaat naar de keuken. Ze hebben wel net koffie gedronken maar hij zal erop toezien dat ze nog meer neemt. Caffeïne houdt je uit de slaap, en hij heeft het vermoeden dat je er ook langer van leeft, omdat je fitter blijft. Als hij biologie was blijven studeren, had hij daar een scriptie over willen maken.

Hij doet drie extra scheppen in het filter. Hij gaat een nieuwe televisie voor zijn oma kopen. Een kleurentelevisie met afstandsbediening, stereogeluid, teletekst en het grootste scherm dat er te krijgen is.

Oma tuurt naar de ondertiteling die fel afsteekt tegen het grauwe scherm. JP duwt de deur achter zich dicht, oma gaat rechtop zitten en schraapt haar keel.

'Pak de pot maar,' zegt ze een beetje plechtig.

JP pakt het gebloemde blik uit de kast. Hij overhandigt het aan oma en kijkt zo lang mogelijk naar de roos onderaan. Als hij naar de roos kijkend tot tien kan tellen voordat oma het blik opent, heeft hij een kans om te winnen. Zeven acht, met een zuigende klik trekt oma de stop van het blik en ze steekt, met glinsterende ogen, haar hand erin. Als ze maar geen rijksdaalder heeft.

'Een gulden.' Oma bestudeert het dropje vlak voor haar brilleglazen aan de achterkant en weer aan de voorkant.

'Het is en blijft een gulden,' zegt JP grijnzend en pakt ook een dropje. Oma kijkt met argusogen toe.

'Wat is het wat is het,' oma buigt zich naar voren. Hij opent zijn vuist. Een cent. Oma gniffelt.

'En nu zuigen. Een twee drie.' Nauwlettend ziet oma erop toe dat JP het dropje niet later in zijn mond steekt dan zijzelf. Het gaat er namelijk om wie er het langst mee toe kan.

Oma wint bijna altijd. JP ziet haar ook nu weer het dropje naar een veilige plek onder haar kunstgebit duwen. Zijn enige hoop is dat ze het per ongeluk doorslikt. Oma kijkt, haar mond bewegingloos, tevreden voor zich uit.

'Zo zie je maar weer hoe gierig je oma is,' had zijn moeder gezegd toen hij haar als kleine jongen van het spelletje vertelde.

'Hoeveel dropjes krijg je op een avond?'

'Vier,' had hij schuchter geantwoord, 'en een glas prik.'

Zijn moeder was in lachen uitgebarsten. 'Zolang

jij daar alleen op zondag komt kost dat haar een fles fanta per maand en een zak drop per half jaar.' Ze had zich naar hem toe gebogen en hem bij de schouders gepakt, hij had geprobeerd haar ogen te ontwijken, ze waren zo dichtbij dat hij elk klontje mascara op haar wimpers zag zitten. 'Denk maar niet dat je oma lief is want dat is ze helemaal niet. Nooit geweest. Ik heb vroeger nooit een lieve moeder gehad, ik mocht niks en ik kreeg niks. Onthou dat maar.'

Haar vingers persten pijnlijk in zijn bovenarmen. Hij vroeg zich af wat de moeder van zijn moeder nou met zijn oma te maken had. Herinnerde zich dat hem was uitgelegd dat dat een en dezelfde persoon was. Maar dat wilde hij niet geloven. Zijn moeder had het toch duidelijk over iemand anders. Die allang dood was.

'Jan-Paul, laat je tong eens zien.' Oma peutert het dropje onder haar plastic gehemelte vandaan en laat het trots zien. Het glimt van het speeksel als nat teer en is nog bijna onaangetast. JP kan al niet meer dan een onooglijk doorschijnend vliesje produceren op een zwarte tong.

'Haha,' zegt oma, 'ik denk dat ik al weet wie er gaat winnen.'

JP haalt zijn schouders op. Hij heeft er geen plezier meer in. Die knokige kromme pootjes met die dikke spataderen. Gnoom. Misschien had mijn moeder toch gelijk en ben je een slechte vrouw. Hij schaamt zich voor de gedachte en besluit op te stappen voordat hij nog gemenere dingen gaat denken.

'Wat jammer nou. Ik had gehoopt dat je bleef logeren.'

'Nee.'

'Ik had het wel gezellig gevonden.' Ze hijst zich overeind.

'Blijf maar zitten, het is veel te koud voor je bij de deur.' Hij kust haar.

'Doei oma de poma. Ik zie je binnenkort. Niet alvast in je graf gaan liggen rotten in de tussentijd.'

'Ja. Ja natuurlijk.' Ze legt haar handen in haar schoot, kucht.

'Jan-Paul,' vanuit haar ooghoek kijkt ze hem aan, 'Jan-Paul, je vader en je moeder zouden het erg op prijs stellen als je weer eens langskwam. Of als je je adres zou geven. Dan kunnen ze je schrijven.'

JP ritst zijn jack dicht. Oma denkt dat Tunis een afkorting van Tunesië is, wat ontzettend dom.

'Jan-Paul,' oma ademt hortend, 'je vader en je moeder zijn benieuwd hoe het met je gaat.'

Wimpers met geklonterde mascara vlak voor zijn ogen, 'dat kost haar dan een fles fanta per maand en een zak drop per half jaar.'

'Mijn moeder vindt jou gierig,' hoort hij zichzelf zeggen.

Oma kijkt verrast.

'Dat valt toch wel mee,' zegt ze met getuite, sussende lippen.

JP balt zijn vuisten, zijn neusvleugels zijn wijd gesperd. 'Nee dat valt helemaal niet mee. Ik pak haar nog wel.' Hij ademt snel, hij moet hier weg.

'Nounounounounounou,' tut oma met nog steeds dat getuite mondje.

'Mijn moeder vindt jou een gierig, een inhalig' Hij stokt, het bonst in zijn slapen. Hij haat deze kamer, dat slaapverwekkende beige tapijt, die onverzettelijke eiken meubels. Hij haat het hele dorp met die leegzuigende rust. Alle huizen zijn hier grafzerken denkt hij, met naast de bel keurig een bordje waarop staat wie er begraven ligt. Misschien iets voor een gedicht. Dood aan zijn ouders.

'Mijn moeder vindt jou een gierige inhalige kankerhoer.' Hij spuugt het uit als een vastzittende rochel en is opgelucht, zoent zijn oma, grist zijn pet van de kapstok en spurt de buitentrap af. Motregen spikkelt in zijn gezicht.

Menno's moeder opent de deur. JP wringt zich langs haar heen, snelt de gang door, de trap op. Menno ligt op bed, hij slaapt met opengezakte mond en zijn baseballpet op.

JP schudt aan zijn voet en Menno schrikt wakker. Zijn ogen schieten alle kanten op, hij praat razendsnel: 'Waar was je? Ik was in de war. Ik dacht dat je nog zou komen gisteravond. Waar was je? Ik had zoveel gedachten in mijn hoofd, ik werd er gek van. Ik wou rust, niet nadenken, dus trok ik me af, maar dat moet je nooit doen, daar ben ik achter gekomen. Het werd twee keer zo erg, ik was in paniek, ik trok me in paniek nog een keer af en toen' Hij zucht, 'stel je voor.' Hij schudt zijn hoofd zover naar links en rechts dat JP de klep van de pet telkens zacht op het kussen hoort tikken. 'Ik ben blij dat je er bent JP.'

JP leunt tegen de lauwe radiator. 'Ik was bij m'n oma.'

'Je oma,' herhaalt Menno langzaam en veert op het matras, 'jouw oma is zeker zo'n zogenaamd olijke oma.'

'Olijk? Vrolijk. Hoezo.' JP schurkt met zijn rug tegen de ribbels van de cv.

'Olijk. Zo'n persoon die opgewekt is en grappen maakt en per se wil dat anderen daarom lachen.'

'Helemaal niet. Olijk is ze helemaal niet en vrolijk is ze ook niet.' JP kromt zijn tenen in zijn gympen.

'Vast wel. Zo'n olijke, vrolijke oma.' Menno trekt zijn mondhoeken naar beneden alsof hij het over iets vies heeft.

JP staat op. 'Ik waarschuw je.'

'Ik zeg toch niks. Ik zeg alleen dat olijk iets anders is dan vrolijk. Als jij dat niet kan hebben omdat jij dat toevallig niet weet.'

De woorden blijven hangen als een schep suiker die niet meer oplost in een kop thee. De vergelijking bevredigt JP niet en de dikke bedompte lucht benauwt hem plotseling. Menno heeft een manier van treiteren die hem onrustig maakt. Het is alsof Menno iets van hem wil. Wat dat zou kunnen zijn, daar wenst JP niet over na te denken.

'Laten we naar Elia gaan.' Hij trekt de deur naar de overloop open en haalt diep adem.

Op straat is het fris en ruikt het naar uitlaatgassen. Buiten voel ik me meer alleen dan binnen, denkt JP. Buiten ben je meer een los elementje, slechts omringd door lucht. Binnen heb je tenminste je eigen spullen nog; een wasbak met een groen uitgeslagen rooster, de poster van Mike Tyson met in het midden twee gaten waar hij van de nietjes uit het sportblad is gerukt, de Ajax-drinkbeker met een afbeelding van Pettersson, waar zijn tandenborstel in staat en naast zijn bed de Eigener Encyclopedie van het Dierenrijk.

Menno haalt zijn neus op. Hij loopt vlak achter JP met zijn hoofd naar de grond. Menno's spijkerbroek is te donker, hij wordt niet vaak gewassen omdat Menno meestal in zijn kamerjas op bed ligt.

Ze lopen het tegelpad op naar het labyrint van flatgebouwen waar Elia woont. De straatnaam weet JP niet, hij onthoudt alleen de route ernaartoe. Bij een glasbak slaan ze af.

'Soms zijn er alleen maar gekken buiten,' JP stopt abrupt zodat Menno tegen hem opbotst.

'Wie,' Menno kijkt schichtig om zich heen, 'wie dan JP. Zeg dan wat. Wie.'

JP kuiert rustig verder.

'Mensen die heel raar lopen. Met paarse mutsen op. Ze hebben rugzakken bij zich vol potten appelmoes en ze schreeuwen opeens heel hard in je oor.'

Menno ademt zwaar en stapt nu naast JP voort. 'Is het nog ver JP?'

Hij is blij dat Menno bang is. Vroeger rende hij 's avonds het hele stuk vanaf het tegelpad tot Elia's flat. Een keer kwam hij bezweet en met pijn in zijn zij het trapportaal binnengestormd en zaten er wel drie zwarte mannen op de trap. Hij maakte gelijk rechtsomkeert. Toen hij uitgeput thuiskwam had hij de hele avond nog steken in zijn milt. Maar Menno is pas echt een sukkel. Menno heeft het VWO nog niet eens afgemaakt. Hij was door middel van een colloquium doctum op de universiteit terechtgekomen. Dat getuigde natuurlijk niet echt van doorzettingsvermogen.

'Misschien ga ik volgend schooljaar maar eens rechten studeren.'

'Rechten,' Menno kijkt hem met grote ogen aan, 'jij JP? Rechten?'

JP kijkt naar de sterren en vult zijn borstkas met lucht.

'Ja,' zegt hij luid en duidelijk, 'rechten. Goed en kwaad. Recht en onrecht. Een duidelijk onderscheid; dit kan wel en dit kan niet.' Met zijn handen maakt hij hakkende gebaren bij 'wel' en 'niet'.

Menno neuriet een deuntje.

JP stoot hem aan. 'Rechten Menno, het geweten van de samenleving.'

'Ja. Rechten.' Menno neuriet verder.

'Als ze tenminste niet te veel werkgroepen hebben. Dat haat ik, dat samenwerken in die groepen.'

'Ik ook. Samenwerken gadverdamme.' En weer neuriet Menno door.

JP voelt zich raar. Bijna alsof hij moet huilen maar dat kan natuurlijk niet.

'Maar help me onthouden hè.' Zijn stem klinkt iel.

'Wat.'

'Dat ik rechten wil studeren. Want volgend schooljaar begint over vijf maanden, dan ben ik het misschien al weer vergeten. Ben ik opeens weer iets anders aan het doen. Dat zou stom zijn.' Hij probeert te grinniken.

'Waar woont dat wijf nou eindelijk?'

'Wat. Welk wijf.'

'Die Elina. Zijn we er nou eens.'

'Niet Elina, Elia, een jongen. Jij bent echt doof Menno. Misschien slaap je te veel.' JP zegt het zo sarcastisch mogelijk. Menno haalt glimlachend zijn schouders op.

'Een jongen, gelukkig. Valt er misschien nog iets zinnigs te zeggen.'

'Wie,' wordt er van boven geschreeuwd.

'JP,' schreeuwt JP terug.

In het lichtgeel betegelde trappenhuis ruikt het vaag naar urine. Hun voetstappen klinken hol op de betonnen treden naar de derde verdieping.

Elia hangt grijnzend in de deuropening, hij schudt JP de hand. 'JP vriend, veel te lang niet gezien. Maar je komt op een goed moment, je gaat het paradijs binnen. Hoe heet jij ook al weer?' vraagt hij aan Menno en giechelt. Menno mompelt dat ze nog nooit eerder hebben kennisgemaakt, maar Elia let al niet meer op hem.

De gordijnen zijn dicht en in de kamer hangt een zware wietlucht. Een grote askegel gloeit op en JP ziet een figuur wijdbeens te midden van stukjes papier op de grond liggen.

'Lekkere jongens van me,' Elia wankelt tussen ze in, slaat een arm om hun beider nek, 'hij en ik, din-ges,' hij knikt naar de figuur op de grond en giechelt weer, 'hebben de Bruna overvallen. Piew piew.' Hij laat JP en Menno los om met beide handen een pistool na te doen. Zwiebert zo heen en weer dat hij onmiddellijk weer tussen ze in gaat hangen.

JP krijgt pijn in zijn nek en gebaart Menno dat ze Elia op de bank moeten leggen.

'Ik ben geweldig.' Elia's voeten steken over de leuning, hij draagt hoge British Knights gympen met de veters los, 'en ik verloochen mijn geloof niet. Hij wel, die eikel daar weet niet eens of hij gedoopt is of niet. Geef die joint eens door man.'

De jongen op de grond maakt nog steeds geen enkele beweging, alleen zijn hand met de stick gaat met lange tussenpozen van en naar zijn mond. Nu zijn ogen aan het duister zijn gewend ziet JP dat de jongen op allemaal bankbiljetten ligt. Een vreemde trilling trekt door zijn lichaam.

'Jezus Elia, hoeveel is het, hebben jullie het net gedaan, hoeveel is het in godsnaam.' Hij bukt zich om de biljetten te bekijken, pakt ze op en legt ze weer neer.

'Godverdomme Elia,' kriskras kruipt JP over de vloer, 'hoeveel is het in jezusnaam.'

'Niet eerst niets vragen en nu opeens heel veel. Dat kan natuurlijk niet.' Elia richt zijn lodderige blik weer op de jongen met de joint, 'geef eens door eikel. Jullie zijn allemaal een eikel. Ik ben een jood. Een vliegende jood. Let maar eens op.' Hij zwaait met zijn armen door de lucht, springt klapwiekend overeind en zakt door zijn knieën. Menno staat als in de startblokken, klaar om Elia op te vangen.

'Au.' Elia zet zijn baseballpet af en strijkt over het keppeltje dat hij daaronder draagt.

JP steekt een sigaret op en geeft Menno er ook een. Hij stapt, over asbakken en kledingstukken heen, naar het raam. Zelfs bij dit licht ziet hij dat de luxaflex bedekt is met een dikke laag stof. Als hij twee stroken van elkaar houdt om ertussendoor te gluren voelt het metaal plakkerig aan zijn vingers.

De tuintjes waar hij op neerkijkt zijn bijna allemaal volgebouwd met schuurtjes, tegelpaden en bloembakken. Verderop staat een schommel. Daar, in dat huis, heeft Elia wel eens ingebroken. De buit bestond uit een paar honderdjes, een computer met printer, een cd-speler die JP mocht hebben en een hele rits Arrow overhemden die Elia met kledinghangers en al in een vuilniszak had meegenomen.

Een paar duiven strijken koerend neer op een balkon. JP tipt zijn as op de grond. Menno staart naar Elia die met gebogen hoofd tegen de bank leunt, een zijdeachtige glans over het keppeltje. De jongen op de grond heeft de joint op en verroert zich niet.

JP trekt wat aan de koorden van de luxaflex. Alleen de bovenste helft gaat open, daarna alleen de onderste helft. JP trekt de hele luxaflex omhoog en krijgt hem niet meer omlaag. Hij klimt op een stoel en rukt aan het pakketje stevig op elkaar gesnoerde strips. Hij krijgt het warm, sjort aan alle touwtjes, de strips blijven waar ze zijn; op elkaar en vlak tegen de zoldering. Nu rukt JP terwijl hij van de stoel afspringt. Hout kraakt, een schroef valt en de luxaflex hangt los. Nog zo'n ruk en ook de andere schroeven zijn los. JP gooit de zonnewering op de grond, vlak naast de cv.

Elia strekt met een verkrampt gezicht zijn benen en komt moeizaam overeind. Loopt naar JP.

'Kom op JP.' Hij bonkt met zijn onderlijf tegen JP aan, JP voelt de puntige botten van Elia's bekken.

'Laten we de hoeren gaan verwennen JP. We moeten niet egoïstisch zijn. We moeten ook anderen laten genieten van ons geld en onze fysieke capaciteiten.' Hij ruikt zuur uit zijn mond, alsof hij heeft gekotst.

'Dit zeg ik niet alleen namens mezelf, ook namens God, Jezus. Gebod zeven en negen. Zoek maar na als je me niet gelooft. Dinges, je vriend mag ook mee.'

JP wendt zijn hoofd af om Elia's adem niet te hoeven ruiken. Marleen kon gezellig ouwehoeren onder het vrijen. Tijdens het pijpen vroeg ze of deze lippenstift haar beter stond dan die andere. Vertelde dat ze een brief uit Amersfoort had gekregen van haar zus en dat ze in de Tweede van der Helststraat iemand tegen was gekomen die ze kende van de kleuterschool. Opeens herinnerde ze zich dan wat ze aan het doen waren, pakte zijn piemel als een stuurknuppel beet, riep 'broembroem derde versnelling' en pijpte verder. Marleen die nu in Amerika woont met haar man, ongelukkig, dat weet hij zeker. Een piepklein Marleentje-eendje-elementje ergens op de landkaart van dat immense Amerika. Misschien iets voor in een gedicht. Zijn pik niet in een vreemd wijf.

'Kom op, we gaan!' Elia poert met zijn voet in de zij van de jongen op de grond.

'Ik ga niet,' zegt JP.

'Tuurlijk wel.' Elia ritst zijn jack dicht en schudt de jongen op de vloer heen en weer.

'Ik ga naar huis,' zegt JP.

'Ik trakteer dus het is heel erg onbeleefd als je

niet meegaat. Trouwens wat moet je nou thuis doen.'

'Ik ga.' JP loopt naar de deur. Menno leunt tegen een kast en maakt aanstalten om JP te volgen.

'Mietjes. Welke man slaat er nou gratis hoeren af. Jullie zijn gek.'

'Zal wel,' zegt JP.

'Hé. Wacht nou even JP.' Elia houdt hem aan zijn arm tegen, 'nooit met ruzie een pand verlaten. Je bent mijn vriend of je bent het niet.' Hij knipt het lampje op de tv aan en raapt haastig bankbiljetten op, duwt de liggende jongen opzij om ook onder hem wat weg te graaien.

'Hier, de tientjes.' Elia houdt een berg verkreukelde biljetten in zijn handen.

JP verfrommelt een tientje tot een balletje en gooit dat in de sloot naast het pad. Hij moet die televisie voor zijn oma kopen, hij moet een manier verzinnen om aan veel geld te komen. Misschien ook een overval.

'Zo iemand als Elia zou een hele goede vriend van me kunnen zijn,' zegt Menno.

'Ik ken Elia sinds de middelbare school. Ik ken hem door en door, we kaartten altijd in de pauze. Hij is oké.'

Menno schopt een kiezel het water in, een eend fladdert op.

'Kuteend,' vloekt Menno.

Ze lopen de wijk van flatgebouwen uit en steken de snelweg over.

'Over school gesproken, ik moest je nog helpen herinneren dat je rechten wilt studeren.'

JP kijkt Menno aan, hij hoort iets in zijn stem wat hem niet bevalt. Menno slingert zijn armen heen en weer.

'Nu niet,' zegt JP scherp, 'nu weet ik het zelf ook nog wel. Na de zomer.' Hij blijft Menno aanstaren.

'Sorry hoor.' Menno geeft een karatetrap tegen een lantaarnpaal. Een trilling trekt door de paal naar boven en de kop met de lamp schudt star nee.

'Die andere gozer, hoe heette ie ook al weer. Die leek me veel toffer dan die Elia. Daar zou ik wel eens bevriend mee kunnen raken.'

'Vast. Weet je Menno, ik moet een televisie voor mijn oma kopen. De beste. Ik moet een manier verzinnen om aan geld te komen. Help je?'

Menno knijpt zijn ogen half dicht.

'Heb jij gerontofiele neigingen JP?'

Wat is een gerontofiel. Hij vraagt het natuurlijk niet.

'Houd je bek man.'

Een auto komt de bocht om. Het schijnsel van de koplampen veegt over de stoep en over die belachelijk donkere spijkerbroek van Menno.

'Ik ben bang voor aids. Anders ging ik wel mee naar de hoeren. Je weet hoe bang ik voor aids ben JP. Toch?' Menno schijnt op een reactie te wachten. JP haalt zijn schouders op en Menno kijkt opgelucht. 'Wat heb jij nou voor reden om niet naar de hoeren te gaan. Tegen mij kun je het gewoon zeggen JP. Ik ben je vriend. Ik vind het niet erg.' Hij onderdrukt een lach. 'Sommige jongens verkiezen jonge meisjes en andere hebben liever een oude droge krent in plaats van een druif.' Menno draait grinnikend de klep van zijn pet achter in zijn nek.

JP staat stokstijf stil. 'Dat neem je terug.' Het klinkt te zacht. Hij wil dit niet, hij wil naar huis, maar hij herstelt zich onmiddellijk. Gaat in een bokshouding staan.

'Dat neem je terug. Bied je excuses aan. Nu.' De koude nachtlucht prikt in zijn neusgaten en sterkt hem.

Menno maakt een afwerend gebaar. Zijn mond grinnikt nog, maar zijn ogen schieten onrustig heen en weer.

'Maak je niet druk JP. Geintje.'

JP dribbelt om Menno heen. Hoekt in de lucht. De klep van zijn pet legt zijn gezicht in de schaduw. Hij kan Menno lens slaan. Aan Menno gaat niets verloren. Menno is een obstakel, de kalkaanslag in een koffiezetapparaat. Als Menno niet zoveel beslag op hem legde was hij allang aan zijn rechtenstudie begonnen.

JP haalt uit met een been en een zijdelingse trap scheert langs Menno's zij.

'Okéokéokéokéokéoké,' Menno zinkt neer op de stoep, 'zo tevreden?'

Een bestelwagentje met op de zijkant 'De Bruyn en Zonen. Dakreparateurs' rijdt voorbij. JP kijkt de achterlichten na. Menno is gaan zitten en wrijft met een vertrokken gezicht over zijn knie. Op zijn voorhoofd zitten puistjes en zijn spijkerbroek heeft nog oranje stiksels ook.

'Ik zou je met je kop in de stront kunnen duwen.' JP pakt een parkeermeter beet en lacht hard tot zijn kaken pijn doen.

'Doe normaal,' zegt Menno onzeker.

'Doei.' Menno maakt de voordeur open en stapt zonder omkijken naar binnen.

'Wacht even,' zegt JP snel.

'Ik wil slapen.'

'Mijn oma. Ik wil nog iets zeggen over mijn oma.'

Menno heeft de deurknop in zijn hand. JP staart naar zijn rug.

'Ik maak je af. Een mes je in rug, precies tussen je schouderbladen en als je op de grond ligt snij ik je kloten eraf en prop ze in je bek.'

'Wat,' Menno draait zich om.

'Ik heb mijn oma in mijn zak. Je moet het even weten. Ze willen ontroerd worden. Ik trek 's morgens voor haar neus mijn sokken binnenstebuiten aan. In de winter zit ik in een T-shirtje met afgeknipte mouwen voor de kachel en dan maar klappertanden. Sukkelig doen, daar gaan die theelepelvrouwtjes voor.'

Menno schraapt met zijn zolen over de borstelige deurmat. Kucht.

'Ik. Ik moet.'

'Wat,' vraagt Menno zacht.

De straat is leeg en donker. Verderop gaat een autoalarm af.

'Ik was een keer in de bossen. Ik ging zitten zomaar ergens op een veldje. Zo.' JP slaat zijn armen om zijn opgetrokken knieën. Menno kijkt glimlachend toe vanaf het bed.

'Vogeltjes achter me, tjieptjiep. Ik hoor niet in de stad. Alles is hier dood. De huizen, de auto's, de

178

wegen, steen, metaal en beton. Ik schreef een gedicht maar dat mislukte helemaal. De huizen groeien niet de auto's bloeien niet.'

'Mooi.'

'Ja.' JP ruikt de vochtige humusgeur die op het veldje hing en proeft een bittere smaak; hij had gelikt aan een druppel stroperige hars die door een dikke schorslaag geperst kwam.

Menno raakt JP's knie aan. 'Je moet terug naar je ouders. Terug naar het platteland. Zie je ze eigenlijk nog wel eens, je vader en je moeder?'

'Ze moeten dood.' JP's mond trekt samen. ''s Ochtends kon ik nooit naar school. Dan sliep ik, want ik dichtte altijd in de nacht. Onder de dekens met een zaklamp. Ik ging niet over. Ik las mijn vader mijn mooiste gedicht voor. 'Egoïsme; de graat in de keel van de mensheid.' Hij repareerde de geiser. 'Godverdomme,' riep hij toen de waakvlam weer uitfloepte. Met een vinger vol smeer wees hij naar me. 'Jij bent de graat in de keel van je ouders. En een ongeluk. Anders was ik nooit met je moeder getrouwd. Nog een slecht rapport en je gaat uit huis. Je bent een vuiltje in mijn oog.' '

'Je vader is een arbeider. Trek het je niet aan. Egoïsme is de graat in de keel van de mensen. Wat poëtisch JP.'

'Het vuiltje in mijn oog zei hij.'

'Clichévergelijking. Geen enkel gevoel voor lyriek. Heel goed dat je geen contact met zo'n plebejer onderhoudt.'

'Ik ben een ontzettend begaafde dichter. Van een uitzonderlijk hoog esthetisch, linguïstisch en moreel niveau.'

JP staat op, Menno's hand glijdt van zijn bovenbeen. JP knipt de tl-buis boven de spiegel aan.

'Doe uit.' Menno slaat een hand voor zijn ogen.

JP kijkt naar zijn eigen gezicht en strijkt een pluk haar achter zijn oren. Marleen vond hem een stuk. Hij vraagt zich af wat ze precies bedoelde. De sproeten rond zijn neus zijn walgelijk en hij heeft veel te dikke lippen, als van een neger. Zijn wenkbrauwen zijn wel oké. Er zitten een paar zwarte puntjes boven.

'Marleen kneep mijn meeëters altijd uit. Er zat wel eens zo'n witte sliert aan, goor hè,' tussen duim en wijsvinger geeft hij ongeveer een centimeter aan, 'en ze vond me een stuk.'

'Ik ook.' Menno kijkt hem via de spiegel aan. Zonder met zijn ogen te knipperen. Dit heb ik niet begrepen, denkt JP. Dit heb ik niet verstaan.

'Marleen,' zegt JP en vergeet wat hij verder wou zeggen.

'Was een sloerie en praatte Amerikaans. Die kennen we. Hou maar op.'

'Ze wachtte op een jongen die in de bak zat. Dat zei ze in het begin al. Maar op den duur geloofde ik dat niet meer. Na een half jaar ging ze ervandoor.' JP ziet zijn bewegende lippen in de spiegel alsof ze van iemand anders zijn. 'Ze trouwde met die gast in Amerika de dag nadat ie vrijkwam.'

Menno peutert iets uit zijn neus en schiet dat weg; een zacht droog tikje op het zeil. Hij pulkt in zijn andere neusgat.

'Gadverdamme.' Met opgeheven vinger loopt hij naar de wasbak en spoelt zijn vinger schoon. Ga terug naar je bed, denkt JP. Menno frunnikt aan de ceintuur van zijn kamerjas. Pakt JP opeens bij de schouders.

'Ik moet met je praten JP.' Onrustig kijkt hij van de zoldering naar JP naar zijn ceintuur en weer terug. JP is bang dat er een ontboezeming volgt. Er rijdt een tram voorbij.

'De hoeveelste is dit vandaag,' vraagt JP zo opgewekt mogelijk. Hij dribbelt op de plaats en hoekt voor zich uit. Hij zou iemand in elkaar kunnen beuken, flinke leverstoten en een trap tegen de slaap.

'JP ik heb zo'n zin, ik moet met je' begint Menno schor. Schudt zijn hoofd. 'Soms voel ik de dingen zo intens,' Menno fluistert alsof hij zich schaamt, 'dit liggen hier op bed met jou daar is zo' Hij snift.

Wie huilt sla ik dood, denkt JP en stoot met kracht in de lucht. In de keuken lachen Menno's moeder en zus.

'Ik weet niet wat je bedoelt,' zegt JP luid, 'daar lees je ook nooit iets over. Mij zegt het totaal niets. Abracadabra.'

'Geintje,' roept Menno en springt op het bed, 'dat snap je toch wel.' Hij ratelt verder: 'Ik wil een snelle cursus doen waarna ik meteen werk heb. Iets met computers zodat ik veel geld kan verdienen. Dan zullen de mensen zeggen 'kijk die Menno, hij heeft niet veel opleiding maar hij zit goed in de centen'.'

JP haakt er opgelucht op in, 'hier op de hoek heb je zo'n studiecentrum. Boekhouddiploma of computers leren programmeren binnen vijf maanden.'

'Computers, dat ga ik doen,' zegt Menno, 'wat is eigenlijk het telefoonnummer van Elia?'

'Hoezo?'

'Niets speciaals. Misschien heb ik hem ooit ergens voor nodig.' Nonchalant houdt Menno JP een agenda en een pen voor.

JP denkt aan zijn oma. Hij moet haar een nieuwe televisie geven. Menno wijst vanuit bed op een boek. De titel is gedrukt met grote zilveren letters. What they don't Teach you at College, How to Work Hard and, verder kan JP het niet ontcijferen.

'Amerika's meest succesvolle advocaat,' zegt Menno, 'die heeft pas een efficiënte dagindeling. Handelt zijn zaken af, speelt met zijn zoon in het park, tennist, jogt en neemt zijn vrouw drie keer in de week mee uit eten.'

'Dat ga ik ook doen,' zegt JP, 'ik ga rechten studeren. Hele goede cijfers halen. Bloed zweet en tranen.' Heb Evenveel Succes Als JP, hij ziet het boek al voor zich, met gouden letters.

'Yes,' Menno heft zijn vuist. 'Ik lag eigenlijk net aan Elia te denken. Geweldige jongen. Hij zou een vriend van me kunnen zijn.'

'Hij is oké.' JP leunt tegen de stereotoren, de volumeknop prikt in zijn rug.

'Dat hij ons die tientjes gaf is meer dan gewoon oké. Er spreekt een solidariteit uit die je nog maar zelden tegenkomt. Jij hebt toch weinig gevoel voor dat soort dingen JP.'

'Elia belde of ik meeging naar een kickboxing wedstrijd.'

Menno schiet rechtop. 'Vroeg hij ook naar mij? Vroeg hij of ik ook meeging?'

'Niet direct. Maar indirect wel. Hij weet dat je een vriend van mij bent en dat er een kans in zit dat ik jou meeneem.'

Menno blaast een bel van speeksel. 'Ik weet helemaal niet of ik dan wel kan.'

'Precies,' zegt JP, 'Menno, wij moeten een overval plegen. Ik heb geld nodig.'

'Schiet op man.'

Menno staat in de deuropening, gluurt links en rechts de straat in. Alsof het een zware krachtsinspanning vergt trekt hij de deur achter zich dicht en volgt JP, dicht langs de huizen lopend.

'Bange veldmuis.' JP werpt een verachtende blik op Menno's spijkerbroek.

In het park is het rustig. Ze passeren een meisje met drie gevaarlijk glurende pitbulls. Menno steekt zijn tong naar de honden uit en dribbelt voor JP uit.

'We gaan iemand overvallen,' zegt JP. Dat weten ze allebei al, hij vraagt zichzelf af waarom hij dit zegt.

De bomen hullen zich in hun eigen schaduw; in afwachting van de actie die hij en Menno gaan ondernemen. Mooi beeldend, misschien iets voor in een gedicht.

'Ik ga het maken. Let maar op JP.' Menno's gymp kletst hard, in een snelle high-kick, tegen een tak.

'Ik ga een motor kopen. Dat is pas geil.' JP ademt diep de koele vochtige lucht in. Op een dag komt hier, precies op deze plek, een standbeeld met in de sokkel gegraveerd: 'Heb Evenveel Succes Als JP'.

'Ik ben een held.'

'Right,' Menno slaat een arm om JP's schouders, 'wij zijn helden. Dood en verderf zullen we zaaien. Laten we iemand van de fiets gaan rukken. Daar bij die fontein komt vast wel iemand langs.' Menno zet er stevig de pas in. 'We slaan ze helemaal verrot JP.'

JP vraagt zich af wat zijn oma hiervan vindt. Misschien is het toch niet zo'n goed idee. Als ze maar niet per ongeluk een hele sterke figuur aanvallen. Hij heeft zijn goede rengympen niet aan en je zult net zien dat als ze moeten vluchten, er opeens een steentje in zijn schoen zit. Hij voelt nu al iets prikken in zijn sok.

'Dus je weet wat je moet doen?'

JP trekt de mouwen van zijn jack over zijn handen en knikt.

'Geef antwoord,' snauwt Menno.

'Ik knik toch.'

'Ga niet bijdehand doen JP. Als je bijdehand wordt rot je maar op. Ik kan het ook alleen.'

JP's tenen klappen dubbel als hij tegen een uitstekende boomwortel stoot.

'Waarom zijn die parken godverdomme zo slecht verlicht.'

'Zeik niet. Ga daar staan.'

De fontein werkt niet. Roerloos staat de vis rechtop in het zacht rimpelende water. De opengesperde bek wijst naar de donkere hemel, alsof het dier naar lucht hapt, JP vindt het bijna zielig.

Als hij in deze stad zou zijn opgegroeid, zou hij natuurlijk vaak als klein pukkie met zijn oma in dit park zijn geweest.

Met gele rubber laarsjes staat hij vlak bij de

waterkant. Eng, maar zijn oma moet van hem op het pad blijven. Hij zoekt de dikste korst uit het boterhamzakje en lokt de gretigste eend op de wal. Oma geniet met haar ogen dicht van de zon. Hij pakt een stok en slaat in een keer de schedel van de eend in. Het kraakt niet, het knispert, als een hand chips die je tegelijk in je mond propt. Aan de stok kleeft bloed en een witte drab waarvan hij hoopt dat het de hersenen zijn.

'Jan-Paultje!'

Hij draait zich om, de gele laarsjes maken geen geluid op het gras. Oma is weg, daar staat zijn moeder. Hij vliegt op haar af en stoot met alle kracht die in hem is de stok in haar buik.

Menno staat tussen de bosjes, de capuchon van zijn sweatshirt over zijn hoofd getrokken. Hij steekt zijn hand op naar JP; dit is het beginsignaal. JP schraapt zijn keel. Vrouwen niet en bodybuilders niet, wil hij nog zeggen, maar Menno gebaart wild dat hij zich om moet draaien.

Er komt een jongen op een luid krakende fiets aan. Deze niet, denkt JP, deze ziet er zo armoedig uit, die heeft vast geen geld bij zich. De volgende fietser is een meisje. Die ook niet, uit principe, hoewel het een heel erg lelijk meisje is. Hij trapt tegen een blikje, het ratelt een stuk over het pad en verdwijnt aan de overkant in de berm. Menno fluit, JP kijkt om. Verbaasd heft Menno zijn handen hoog en wijst naar het in de verte verdwijnende meisje.

Misschien wil oma geen nieuwe televisie. De kans is zelfs groot dat ze een nieuw toestel weigert; oude mensen zijn vaak heel erg aan hun spulletjes gehecht, dat lees je vaker.

Het meisje op de fiets komt weer terug. Ze kijkt angstig naar JP en trapt hard door. Ze heeft een dikke buik, ziet JP nu, ze is vast een maand of vijf, zes zwanger. JP blaast tegen de kou in zijn handpalmen en kromt zijn tenen in zijn gympen.

De zwangerschap hebben ze in het eerste semester van de propaedeuse behandeld en hij weet het nog precies. Sommige gedeelten. In de derde week van de ontwikkeling is het eigenlijke embryo nog slechts een platte schijf; de kiemschijf, bestaande uit drie kiembladen. Als we afzien van de armen en benen is de uiteindelijke baby vergelijkbaar met een buis met aan de ene kant de mondopening, aan de andere kant de anale opening. De buis is als volgt opgebouwd: in het midden loopt het darmkanaal, het entoderm. Daaromheen zitten skelet, spieren en bloedvaten, het mesoderm. Aan de buitenkant zit de huid, het ectoderm.

Eenden zwemmen achter elkaar aan een rondje om de fontein en verdwijnen op de andere oever, V-vormige, steeds groter en vager wordende rimpelingen achterlatend in het water.

In de bocht verschijnt een oude man met een wandelstok en een hondje aan de lijn. JP doet alsof hij staat te plassen zodat hij tegen Menno kan zeggen dat hij de man niet op tijd heeft gezien.

Zacht tikkend komt de wandelstok dichterbij. Pal achter hem stopt het. JP hoort een piepende ademhaling en dan: 'Zit. Zit Jaco. Ik moet deze jongeman iets vragen.'

JP staat stokstijf. Hij hoopt dat het niet opvalt dat er geen geklater te horen is.

'Jongeman, jij daar in de bosjes met dat petje op.' JP voelt de ogen van de oude man in zijn rug steken.

'Jongeman met dat mooie glimmende trainingspak.'

Het hondje keft.

'Zit Jaco. De baas moet deze knappe meneer iets vragen. Even geduld.'

JP draait zich om. 'Heb je het tegen mij?'

Op het pad staat een kleine man met een lange jas. 'Ja,' zegt de man met een flemend stemgeluid. Hij doet een pas in JP's richting. 'Zou jij mij misschien ergens mee kunnen helpen?'

'Nee.'

'Ach,' de man staat nu recht voor JP. Hij heeft duidelijk een kunstgebit en JP verbeeldt zich dat er een plasticlucht uit zijn mond komt.

'Zo'n vriendelijke knul als jij, kan die een oude man geen gunst verlenen?' De man raakt met zijn vingertoppen JP's schouders aan. Het is alsof het brandt, in een reflex slaat JP de hand weg.

'Rot op. Raak me niet aan. Rot op ouwe flikker.'

'Nounou,' sust de man, 'rustig maar. Zo'n vriendelijke mooie jongen. Je zou er nog wat voor krijgen ook. Maar goed, als jij dat niet wilt.' Al pratende haalt hij een portefeuille uit zijn binnenzak en laat een briefje van honderd zien, 'dit had ik je graag gegeven. Maar als jij dat niet wilt houdt het op. Dan gaan Jaco en ik al. Prettige avond verder.' Langzaam vouwt hij het bankbiljet op.

'Vuile gore rotflikker.' Adrenaline jaagt door JP's bloed. Alsof hij op een nuchtere maag te veel sterke koffie heeft gedronken. Hij ademt snel.

'Ik maak je af.' Hij draait zich om en haalt uit met een achterwaartse trap. Hij raakt hem tegen de borst, de man slaakt een kreet, wankelt en haast zich naar het pad. Trekt een stiletto. Hij sist: 'Niet nog een keer knul. Ik waarschuw je.'

Met het kopje scheef en de oren rechtop zit het hondje te kijken.

'Ik maak je af. Menno kom!'

Verschrikt kijkt de man om zich heen en onmiddellijk trapt JP hem zo hard hij kan in zijn zij. Kermend klapt de man dubbel. Menno komt aangehold.

'Wat doe jij nou JP. Je moet mij een sein'

'Dit is een flikker.'

'Wat?'

'Een flikker. Hij kwam naar me toe. Ik maak hem af.' JP trapt de man tegen een knie, en nog een keer.

'Stop,' roept Menno, 'stop idioot.'

'Hij heeft geld. Pak het af.'

'Stop gek!'

De man is op de grond gezonken en houdt beschermend zijn armen voor zijn gezicht gekruist. Menno duwt JP opzij.

'Stop JP, dit is een opa. Doe normaal.'

Plotseling is JP ontzettend moe, al zijn ledematen zijn zwaar. Menno buigt zich over de man heen, helpt hem overeind. Ze praten maar JP verstaat er niets van.

Menno leidt JP weg, een arm om zijn middel geslagen. Het hondje gromt in de berm.

'Oké JP,' Menno klinkt nijdig, 'nu meewerken of

ik doe het alleen. Dat zwangere wijf hadden we zo kunnen pakken. De eerste de beste die voorbijfietst; sein geven en ik heb hem. Begrepen?'

Koste wat het kost, volgend jaar studeer ik rechten. En dan lig jij nog steeds in je kamerjas trams te tellen. Hij glimlacht. De blaadjes van een groep populieren ritselen in de wind. Ritselen als bankbiljetten die ik ga verdienen. En daar komt het standbeeld.

'Wat sta je daar nou? Valt er iets te lachen? Je weet het hè?'

JP wrijft tevreden over zijn koude oren. Zijn handen verdelen Menno's stemgeluid zoals een stroboscoop licht. Weer een geniale vergelijking.

Elke dag staat er: 'Elia bellen', wat daarna weer is doorgekrast. Soms met een pennestreek, soms is het nauwelijks te ontcijferen.

Menno komt eraan en JP legt de agenda snel terug, half onder een stapel sportbladen.

'Ik moet op tijd thuis zijn voor het eten,' zegt Menno, 'ik kan beter niet meegaan.'

'IJl niet.'

Menno poetst zijn tanden. Door de versleten plek in zijn kamerjas heen ziet JP zijn blote bewegende billen. Hij pakt Menno's trainingspak uit de kast. Hij wil hem bij kickboxing niet in die domme spijkerbroek zien.

'Kevin Kelly is cool.' Elia hapt in een broodje kroket. In de sporthal hangt een lucht van frituurvet en transpiratie. Het is bomvol. Een jongen met een zonnebril en een kaalgeschoren hoofd schreeuwt: 'Ajax über alles.'

Ze zitten vlak bij de ring. Elia's vriend, van wie JP nu vermoedt dat hij Armando heet, staart onbeweeglijk voor zich uit. Menno schuift op zijn stoel heen en weer en kijkt nerveus om zich heen.

'Zit stil,' zegt JP.

De scheidsrechter controleert de handschoenen van de boksers, Kelly en een of andere Marokkaan, en tikt op hun toques. De gong gaat. Het meisje dat voor JP zit en sterk naar een zoet parfum ruikt, schreeuwt: 'Kom op Kevin. Sla erop!'

De trainer van de Marokkaan draagt een overhemd en een stropdas onder zijn trainingspak. 'Maak je punten,' roept hij, 'gooi die linkse hoek erbij.'

'De Arab gaat dood.' Elia perst zijn lippen op elkaar. In zijn mondhoek zit mosterd.

'Alle Arabs moeten dood,' zegt JP, 'en alle mietjes.'

Elia heft zijn vuist, 'met jou kan ik praten. Let jij op of die Arab wel echt goed gebeukt wordt. Ik haal nog een kroket, wil je ook?' Elia wringt zich al tussen knieën en oranje stoelen door. Menno kijkt hem na.

De Arabier krijgt een korte leverstoot, het mondstuk vliegt uit zijn mond. Hij grijpt naar zijn buik en zinkt traag neer. Enthousiast wordt er gejoeld en geklapt. Kelly heft zijn armen al in een triomfgebaar omhoog, geolied door het zweet. De scheidsrechter telt 'vier, vijf, zes'. De trainer van de Arabier schudt zijn hoofd en werpt de handdoek in de ring. De vloer dreunt door het geroffel van vele voeten en met de cadans van een galop klinkt het: 'Kel-ly, Kel-ly' door de zaal.

JP heeft een warm prikkelend gevoel in zijn borst, hij kan niet stoppen met grijnzen, het is of hij persoonlijk deze wedstrijd heeft gewonnen.

De trainer van de Arabier bukt zuchtend en raapt het mondstuk op. Houdt het elastiek van de ring omhoog zodat zijn pupil eronderdoor kan. De keiharde discomuziek die voor de wedstrijd te horen was galmt weer blikkerig door de ruimte en iemand roept iets onverstaanbaars door een microfoon.

Het meisje dat zo sterk naar parfum ruikt schuifelt gelijk met JP op, de rij uit.

'Wat een lekkere tieten heb jij.' JP kijkt van haar laaguitgesneden truitje recht in haar ogen.

Het meisje bloost, 'dank je.'

Ze lopen de vriesnacht in.

'Kijk eens wat een sterren,' roept Elia, 'romantisch man, ik krijg meteen zin om lekker een wijf te' Hij beukt met zijn vuist tegen de palm van zijn andere hand. Menno schatert. Elia staat stil en neemt Menno van boven tot onder op. Legt een arm rond zijn schouders en zegt op vertrouwelijke toon: 'Dinges. Hoe heet je ook al weer.'

'Menno,' zegt JP.

'Menno, natuurlijk. Heb jij niet een klein zusje Menno?'

Menno bekijkt hem argwanend.

'Ja, hij heeft een klein zusje,' zegt JP, 'zo'n scharminkel van dertien met puisten groter dan d'r billen.'

'Lekker,' Elia knipoogt naar JP, 'mogen we haar niet een keer van je lenen, Menno.'

De jongen die waarschijnlijk Armando heet, is aan het schijnboksen tegen een auto. JP legt ook een hand op Menno's schouder.

'Natuurlijk mag dat,' zegt JP, 'we geven haar een lolly en Menno trakteren we op de bioscoop.'

Menno knijpt zijn ogen half dicht. Hij brengt zijn lippen zo dicht bij JP's oor dat zijn adem voelbaar is. Sist: 'Ga je oma naaien. Weten die andere jongens dat trouwens ook?'

Een moment kan JP geen adem halen. Alsof iemand een mes bij zijn kloten houdt. Misschien iets voor een gedicht. Maar deze gedachte houdt het beeld van zijn oma dat opdoemt niet tegen. Achter een fauteuil trekt ze puffend haar korset uit. Dit mag hij niet denken. Ze is naakt en lijkt op een chipolatapudding. Nee. Misschien iets voor in een gedicht. Alles aan haar drilt en wratten zijn als sukade over haar lichaam uitgestrooid. Nee-neeneeneeneenee. Het bonst in JP's slapen.

'Wat is JP opeens rood jongens,' zegt Menno hard.

Menno ligt op zijn buik op bed. Handen onder zijn bovenbenen. Door de versleten stof van de kamerjas schijnt bij het zitvlak een lichtgroene onderbroek heen. Hij ademt zwaar, zijn gezicht half in het kussen gedrukt. Snot dat door de ademhaling in trilling wordt gebracht, doet JP denken aan geratel van golfplaten. Misschien iets voor in een gedicht. Een heel goed, waar gedicht, waar hij ook een standbeeld voor krijgt. Naast dat andere in het park, elkaars handen hoog in de lucht vasthoudend. Hij ziet zichzelf weer met Menno in het park. Hij durfde het meisje niet van haar fiets te rukken. Hij klemt zijn kiezen op elkaar.

'Jij beledigt alles wat leeft met dat gestink op bed de hele dag. Het is provocerend. De hele wereld schaamt zich voor jou. De aardbol bloost en krimpt ineen als een tomaat die al weken in de ijskast ligt.' Clichévergelijking. Hij zou Menno in elkaar moeten slaan, maar dat doe je als dichter nou eenmaal niet zo snel.

Menno rekt zich uit en raakt met zijn gymp de rand van het tafeltje achter zijn bed.

'Laten we naar Elia gaan, JP.'

'Wat doen. Moet je iets van 'm?'

'Ik mag hem graag. En vooral die andere jongen. Die zou een hele goede vriend van mij kunnen worden. En Elia ook.'

Niemand in de hele wereld voelde zich ooit meer een los elementje dan JP. Menno moet bij hem blijven.

'Ik heb zin in een blow. Laten we eerst een blow roken.'

Menno schudt zijn hoofd en kamt met zijn vingers zijn haar achter zijn oren. Graait zijn Keith Haring T-shirt en zijn Diadora-jack van de vloer en de sprieterige lichtbruine bos valt weer over zijn voorhoofd. In plaats van zijn belachelijke spijkerbroek doet hij zijn witte Levi's aan.

'Laten we eerst een blow'

Menno valt hem fel in de rede, 'lul nou niet JP.

Hier,' hij haalt een zakje wiet te voorschijn, 'ik neem het mee naar Elia.'

JP laat zich op bed ploffen. De harige deken kriebelt in zijn nek. Bij oma in de fauteuil zitten en een dropwedstrijdje houden.

'Ik baal van Elia. Hij is zo. Ik weet niet. Een stomme jood.'

Menno trekt een pluk haar door de opening achter in zijn pet en gaat en profil voor de spiegel staan.

'Mij interesseert het niet dat hij een jood is. Hij heeft mooie donkere ogen. Hij zeikt gelukkig niet over sabbat. Wat dat ook moge zijn. Schiet op of ik ga alleen.'

'Niet brutaal worden.' JP strekt zich languit, zijn voeten plant hij op het kussen. 'Elia is nog altijd mijn vriend. Ik ken hem van de middelbare school. Van de brugklas. Twaalf jaar oud. Net twaalf, eigenlijk elf. Daarvoor kende ik hem al van gezicht uit de buurt. Hij is mijn maat. Ik heb veel met hem meegemaakt. Ik heb alles met hem meegemaakt. Hij is'

'Een stomme jood.'

JP schiet overeind. 'Wat zeg je? Zeg dat nog eens en ik beuk je'

Menno zucht. Uit de woonkamer komt gelach, de radio gaat er harder en JP herkent de beat van de nieuwste kraker van Tatjana en Gerard Joling.

JP wil zijn gebalde vuisten laten zakken maar kan het niet.

'Jij moet uitkijken,' Menno priemt met een vinger naar hem, 'op een dag pikt niemand dit meer. Iets draait heel snel om tot niets. Meer zeg ik niet.'

'We're gonna party,' schreeuwt Elia door het trapgat naar beneden. Grijnzend slaat hij ze op de schouders.

'JP ik heb je gebeld maar je was er niet. En jij, jouw nummer heb ik niet. Maar jullie zijn er, en jullie vallen met jullie lelijke neuzen in de boter. Want, surprise, surprise.' Hij duwt ze naar de hal. 'Er wacht een verrukkelijke traktatie op jullie.' Hij legt een vinger voor zijn lippen en gaat ze op zijn tenen voor de slaapkamer in.

Op het bed ligt een meisje. Vastgebonden aan enkels en polsen. Ze draagt alleen een T-shirt met een afbeelding van de bekende Campbell soepblikken en het opschrift Andy Warhol's Art-Factory. JP herkent het shirt, het is van Elia. Het is haar veel te groot, de hals is over een schouder gezakt. JP vraagt zich af waar haar eigen kleren zijn gebleven. Ze lijkt niet veel ouder dan dertien. Ze grinnikt zacht en draait met haar ogen.

'Doornroosje,' Elia fluistert, een schittering in zijn ogen, 'moet wakker gekust.'

Menno is in de deuropening blijven staan, verstard. 'Wat' brengt hij uit, 'godverdomme.' Hij doet een paar passen naar voren en blijft weer staan. Schudt moedeloos zijn hoofd.

'Zo'n prinsesje loopt zomaar op straat. Iemand moet zich over haar ontfermen.' Elia gaat naast het meisje zitten. Haalt iets in zilverfolie uit zijn broekzak en stopt de inhoud in de mond van het meisje. Pakt een glas water van de grond, neemt haar hoofd in zijn arm en giet wat naar binnen.

JP traant door de wietdamp, wrijft met een mouw over zijn ogen. 'Jij bent gek ouwe jood.'

Nog voordat hij is uitgesproken springt Elia op, het hoofd van het meisje valt hard terug op het bed.

'Stil,' schreeuwt hij, 'ik ga dit wijf pakken en wie het er niet mee eens is rot maar op.' Hij loopt rood aan en lijkt op een dier dat tot de aanval wil over-gaan.

Oninteressante vergelijking, want: wat voor dier? Een stier? een krokodil? een panter? Allemaal niet origineel. Een vogelbekdier? JP weet niet eens of vogelbekdieren wel in de aanval gaan, misschien eten ze alleen gras. Hij geeft het op maar neemt zich voor om vandaag nog iets heel goeds te verzinnen. Sommige dichters zouden zeggen 'je kan niet elke dag inspiratie hebben'. Maar dat zijn niet de hele grote. Dat zijn de zondagsdichters, de gemakzuchti-gen. Hard werken, daar komt het op aan.

Elia drukt zijn handpalmen tegen zijn voorhoofd. 'Ik wil niet zo tegen jullie moeten schreeuwen. Ik krijg er hoofdpijn van. Wie van u zonder zonde is, laat die de eerste steen op mij werpen. Johannes acht, vers zeven, aangepaste versie.'

'Stilte a.u.b.' Elia's vriend, van wie JP nog steeds niet met zekerheid kan zeggen hoe hij heet, zet de televisie in de huiskamer harder. Elia doet zijn base-ballpet af. Hij wijst naar het keppeltje dat tussen zijn krullen ligt—als een spiegelei?—en dan naar het suf lachende meisje.

'Deze twee dingen gaan natuurlijk niet samen. Een diep religieus gevoel dwingt mij hieraan iets te doen.'

Met een brede armzwaai neemt hij het keppeltje af en draagt het op twee handen voorzichtig naar het bed.

'Schud het kussen op.'

JP slaat op het kussen en Elia legt het keppeltje, als was het breekbaar, erop.

'Nu hebben we Jaweh's zegen. Let the party begin,' zegt hij plechtig.

Het meisje prevelt iets onverstaanbaars. Lacht hortend en draait haar hoofd heen en weer.

'Niet tegenspreken,' zegt Elia quasi bestraffend en trekt zijn broek omlaag. Eronder draagt hij een boxershort met Kwik, Kwek en Kwak. Hij knipoogt naar Menno die met grote ogen toekijkt, wrijft over zijn lid. Er gebeurt niets.

'Jullie mogen blijven als dat jullie pleziert. Maar ga anders elkaar op de gang vervelen. Het duurt niet lang en dan mogen jullie.'

Armando zit in het blikkerende licht van de tv in de verder donkere huiskamer en rookt een joint.

Menno en JP wachten in het trapportaal. De donkerrode vloertegels weerspiegelen het kille tl-licht.

'Ik ga naar huis.' Menno's stem klinkt hol in het portaal.

JP steekt een sigaret op. Brandt ermee in de zwart-rubber coating van de trapleuning. Er ontstaan ronde gaatjes met dikke wrattige randen, net een helende wond waar een varkenshaar in is gelegd; dat zweert en barst weer open. Met deze vergelijking is hij tevreden voor vanavond.

'Ze lopen zomaar op straat,' zegt hij, 'met de belofte van een joint gaan ze mee. Ze vinden Elia stoer. Ze hebben er de leeftijd voor. Experimenteren met sex en drugs. En dan gebeurt er dit.' JP weet niet hoe hij die laatste zin moet uitspreken; alsof het woord 'dit' slaat op een logisch vervolg, een in te calculeren risico, of alsof het slaat op een wreed machtsmisbruik van Elia's kant. Hij zegt het zo neutraal mogelijk.

JP vindt dat het nu wel lang genoeg heeft geduurd, hij bonkt op de deur.

'Ja hoor, lieve vrienden, kom er maar weer in,' zegt Elia met een stem zwaar van de alcohol en houdt de deur uitnodigend voor ze open. Daarna ploft hij neer op de bank en zet een flesje bier aan zijn mond.

'Die onschuldige prinsesjes,' verzucht hij, 'met die verrukkelijke nauwe, ik wil niet pervers zijn dus vul zelf maar aan. Hebben jullie al uitgevochten wie er eerst mag?'

'Ouwe jood, altijd bluffen hè,' roept de jongen die voor de tv zit, zonder zich om te draaien.

'Ik heb dit in een Amerikaans boek gelezen,' zegt JP, 'maar dit is beter. Zoals dat met dat meisje was beschreven geloofde ik het maar half half.' Hij peilt Elia's gezicht.

'Natuurlijk. Je moet altijd alles zelf ervaren. Empirisch onderzoek, waarnemen, inductie, deductie. Het enige zinnige wat ik op school heb geleerd. Niks geen boekenkennis, alles zelf doen.'

'Bluf,' roept Armando weer.

'Bek houden jij,' Elia priemt met een wijsvinger in Armando's richting, 'heb ik jou iets gevraagd, nee, bek houden dus. Ik ga meer bier halen.' Hij probeert te fluiten en verdwijnt in de keuken.

Armando komt eraan geslenterd. Kijkt naar het

meisje. Hij moet ondertussen wel heel erg stoned zijn maar zijn ogen glimmen.

'Herinner je je die video,' hij spreekt traag en tegen niemand in het bijzonder, 'ze sneden de tepels van dat grietje af. Een bloed. Geweldig.'

De borstjes van het meisje komen onder het omhooggeschoven shirt vandaan; de tepels zijn heel lichtbruin, dat heeft JP nog nooit gezien.

'Die video. Wat een bloed.' Net zo langzaam als hij praat, steekt de jongen een hand uit naar de keel van het meisje.

JP slikt. Hij heeft verschrikkelijke dorst van het inhaleren van de wietlucht en het is warm. Hij kan zijn ogen niet van de hand afhouden. Het meisje giechelt. Als de hand haar keel omvat hoest ze schor. JP heeft nog nooit een lijk gezien. Zijn hart klopt in zijn keel. Hoe zou ze eruitzien als ze dood is, 'haar ogen breken' lees je altijd, maar hoe zou dat zijn. Het kuchen wordt moeizaam gerochel, haar gezicht is bleek. Armando toont geen enkele emotie, zijn handen lijken wel automatisch bestuurd als de grijpers van bulldozers. JP veegt zijn vochtige bovenlip af. Het blauwachtige flikkerlicht van de televisie valt over de benen van het meisje. MTV, JP herkent vaag de tonen van de nieuwste hit van Nirvana, hij neuriet de dwingende beat mee. Muziek terwijl u werkt, denkt hij en heeft geen idee waar dat op slaat.

'Wat doe jij nou, gek.' Elia staat met een fles bier aan zijn mond in de deuropening. 'Sodemieter op idioot.' Hij beent naar Armando en geeft hem een dreun op zijn kop, Armando slingert als een klepel heen en weer en valt op het bed. JP vraagt zich af of hij deze vergelijking al ergens heeft gelezen.

'Waarom hield je die gek niet tegen,' woedend richt Elia zich tot JP.

JP schudt zijn hoofd, hij wil iets zeggen maar zelfs fluisteren lukt niet.

'Jezus.' Elia klokt de halve inhoud van de bierfles in een keer naar binnen, 'je kan hier ook geen geintje uithalen of jullie zorgen ervoor dat het uit de hand loopt. Dit kan toch zo niet.' Hij kijkt JP vragend aan.

'Hé JP. Dit kan toch zo niet.'

'Nee,' fluistert JP.

'Wat zeg je JP?'

'Nee.'

'Oké.' Elia staat op en drukt JP tegen zich aan, 'het is al goed vriend. Ik zal je zegenen.' Hij pakt het keppeltje van het bed, zet het op en kust JP op beide wangen.

'Jezus en ik vergeven je. Maar hem niet.' Hij wijst naar Armando, 'he will burn in hell. Waar is je vriend, dinges?'

Menno zit voor de tv. Voor zover JP het kan onderscheiden prutst hij wat aan zijn gympen. Elia leidt JP dichter naar het bed, samen kijken ze naar het meisje. Ze ademt hijgend. Haar lippen zijn paars maar de plooitjes zijn wit, alsof iemand daar heel nauwkeurig meel in heeft gestrooid. Ze probeert te slikken.

'Ze verlangt naar je. Zie je.' Zo gelukkig en intevreden als Elia nu uit zijn ogen kijkt, zo heeft JP hem alleen eerder gezien toen Ajax de Europacup won.

JP bestudeert het meisje nog eens goed. Een golf

van agressie overvalt hem als een plotselinge misse-
lijkheid. Dit is het smerigste, slechtste, vieste en ver-
dorvenste meisje dat hij ooit heeft gezien. Ze is een
rotte plek in de mensheid, een kankergezwel. Hij
haat haar, zijn neusvleugels trillen. Hij zou over haar
gezicht kunnen zeiken. Nee; stel dat zijn oma daar
ooit achter kwam.

'Waar is dinges,' Elia wordt opeens onrustig, 'jullie moeten opschieten JP. Ze moet straks weer naar
huis. Ze mag niet blijven slapen. Ze is nog te klein.
Haar ouders wachten op haar.'

Elia giet de rest van het bier naar binnen, pakt
een stukje stuff, verhit dat met een aansteker en ver-
brokkelt het op een vloeitje. Likt zijn vingers af.

'Ik ben een en al zenuwen. Ik moet tot rust
komen JP. Op jou kan ik vertrouwen, jij bent mijn
sofa, mijn luie stoel. Zonder jou was ik allang dood.
Roep die vriend van je. Ik heb geen zin meer. Ze
moet zo oprotten. Doe iets.' Hij vouwt zijn handen
als een doosje om de joint heen en inhaleert diep.

JP sluit zijn ogen en stelt zich voor dat Marleen
daar op bed ligt. Ze draagt een lila kanten slip waar
aan de zijkant wat schaamhaar onder vandaan krult.

'Jan-Paul. Lieve Jan-Paul,' Marleen lacht hem toe
en strekt haar armen naar hem uit. Hij wordt warm
en blij van binnen. Vanonder haar oksels verwel-
komt de kruidige rozegeur hem die ook bij oma op
het toilet hangt.

'JP je hebt geen jaren de tijd! Wat sta je daar nou.
Moet ik soms op de gang gaan staan?'

JP opent zijn ogen en kijkt recht op de korrelige
mondhoeken van het meisje. Het stuk vuil, de teef.

'Menno,' roept hij, 'Menno kom hier.' Uit zijn ooghoek ziet hij Menno de kamer binnenkomen. Hij hoort zichzelf nog zeggen: 'Ze lijkt op je zusje Menno.' Met langzame bewegingen trekt hij zich af. Sperma komt terecht op het meisje haar knie en bovenbeen.

Buiten zegt Menno: 'Klootzak.'

Het klinkt door in JP's oor. Klootzak, dit woord zal de hele weg rond mijn oor blijven zoemen als een vervelende wesp, denkt JP. Over deze vergelijking heeft hij momenteel geen mening.

Slippende fietsbanden en iemand gilt. Een tram rinkelt driftig.

'Drieëntwintig,' zegt Menno.

Vlak daarop komen auto's met loeiende sirenes aangescheurd. Een flikkerend blauw licht breidt zich uit over Menno's slaapkamermuren en over zijn gezicht.

'Vroeger telde ik ambulances. Maar dat wordt saai. Zoveel komen er niet langs. En voor je het weet vergis je je met een brandweerauto of een politieauto. Ga dat achteraf nog maar eens na. Ondoenlijk.'

Flarden van gesprekken dringen vanaf de straat binnen. Opgewonden wordt er geschreeuwd en auto's claxonneren.

'Kom kijken jongens, ongeluk!' roept Menno's zusje onder aan de trap.

Menno's zusje. Om een of andere reden mag hij dat kind helemaal niet meer. Hij hoopt sinds kort altijd dat Menno's moeder de deur opendoet, wat gelukkig ook bijna iedere keer het geval is. Als het zusje de deur opent, schuift hij, zo dicht mogelijk tegen de muur, langs haar heen en rent de trap op. Groet niet. Menno's moeder groet hij ook nooit, maar dat is een vriendelijk soort van niet-groeten. Dinsdagavonds kan hij niet meer bij Menno op bezoek, dank zij die bitch van een zus. Dan is Menno's moeder naar het zangkoor en weet hij zeker dat die kut open gaat doen. Het is ook haar schuld dat er witte vegen op zijn bomber zitten. Als hij zo dicht langs de muur schuift geeft het pleisterwerk af.

'Ik ga zo naar m'n oma. Je zou haar eens moeten zien. Dan weet je hoe ik eruitzie als ik vijftig ben. In een mannelijke versie natuurlijk.'

'Is ze maar vijftig. Ik denk dat ik deze tram maar voor drie of vier ga tellen. Hij staat er nog steeds en er kan dus geen andere langs. Maar zodra hij weg-rijdt komen die andere natuurlijk wel langs. Dan klopt het niet meer. Maar wie weet nemen die ande-re trams wel een andere route. Dilemma. Wat denk jij JP?'

'Ze is geen vijftig.' JP's gympen kleuren door het zwaailicht nog steeds afwisselend wit en lichtblauw. Van dat ziekelijke lichtblauw, wat je ook door geste-riliseerde magere melk in plastic flessen heen ziet schemeren. Of dat blauw van spataderen achter een ongezonde, bleke huid. Dichterlijke vergelijking? Aangrijpend.

'Ze is tachtig. Ik wil niet dat ze doodgaat.'

'Tachtig. Dan heeft ze zeker van die losse vellen. Dat hebben oude mensen altijd. Hoor je? Er staat al minstens een tram van de andere kant te wachten. Dat langzame doordringende gerinkel op de achtergrond.' Menno ligt met opgestoken wijsvinger op bed te luisteren.

'Ik ga. Ga mee. Vanavond weer terug. Of als het mag, blijven we slapen.' Het interesseert hem natuurlijk helemaal niets of Menno meegaat of niet. Hij wil Menno er een plezier mee doen, niet zichzelf. Voor Menno zou het heel leuk zijn, nuttig ook en leerzaam. Gespannen wacht hij het antwoord af.

Menno sluit zijn ogen en krabt aan zijn bovenbeen. De kamerjas schuift omhoog en laat knokige behaarde knieën zien.

'Menno.'

Menno ademt heel rustig. Wrijft met trage bewegingen over de binnenkant van zijn dij. De panden van de kamerjas zijn nu zo ver van elkaar geschoven dat JP een stuk boxershort met beertjes ziet.

'Menno,' JP schopt tegen het bed, 'zeg iets!'

Menno tuit zijn lippen naar JP. Hij legt zijn hand op zijn ballen.

'Wat heb je ervoor over schatje? Wat krijg ik van je als ik meega?'

JP's hart verkrampt.

'Doe normaal. Vuile gek, doe normaal idioot.'

Menno gaat op de bedrand zitten en schikt zijn kamerjas goed.

'Geintje JP. Jij kan ook nergens tegen.'

'Ik kan niet tegen homo's. Niet tegen homoachtig gedrag. Ik kots ervan. Ik schijt op ze.'

'Oké. Rustig.' Menno legt een vinger voor zijn lippen.

JP rookt een sigaret tot aan het filter op. Hij brandt zijn vingers maar hij voelt het nauwelijks.

Menno is weer gaan liggen. Van de straat klinken de gewone geluiden door. Iemand komt de trap op, verschuift iets op de overloop en gaat weer naar beneden.

'Ik ga. Wat doe je, ga je mee?' Zijn stem klinkt nerveus. Maar dat is alleen omdat hij nog geen wiet heeft gerookt vandaag.

Menno praat monotoon en kijkt JP niet aan: 'Als we vanavond weer terugkomen is het al donker. Daar hou ik niet van. Dan ga ik om de tijd te doden nog een paar uurtjes tv kijken en dan naar bed. Dat is niks. Zo heb je niks aan je avond. En morgenochtend pas terugkomen zie ik ook niet zitten. Dan kom je thuis terwijl alles al begonnen is. Dat geeft zo'n gevoel alsof je achter de feiten aan loopt. Dank je. Een andere keer.' Menno verroert zich niet. JP verlaat het huis.

Eerst denkt JP dat ze oud zijn, verkleurd. Hij kijkt welk merk het is en wil naar oma roepen dat ze moet gaan klagen en haar geld terugvragen. Maar op het pak staat dat het papier 'zonder chloor gebleekt is en dus milieubewuster'. En daaronder: 'Dit is juiste koffiefilterformaat voor 1x2'. JP krijgt die laatste zin niet meer uit zijn hoofd, hij begrijpt hem niet.

'Er staat een taartje in de ijskast,' roept oma.

Uit de huiskamer komt het geluid van de televisie. Het is Menno's stomme schuld dat die overval is mislukt, anders had hij allang een nieuw toestel voor oma kunnen kopen. Hij krijgt Menno nog wel. Met een ruk trekt hij de ijskast open, de eieren tikkelen onrustig in het deurrek en de melk klotst in het wiebelende pak. Hij schraapt alle slagroom van de taart en eet dat op. Neemt daarna haastige happen uit de rand, bijt op zijn wang en er springen tranen in zijn ogen. Iemand moet boeten. Hij spuugt een hap taart in de gootsteen. Blijft vooroverhangen. Een sliert speeksel danst als elastiek op en neer en laat zich traag op het staal zakken. Zijn wangen zijn nat en een traan glijdt via zijn nek zijn T-shirt in.

De rest van de taart gooit hij in de gapende mond van de pedaalemmer. Geen originele, maar toch een boven de middelmaat uitstekende vergelijking. Hij wast zijn gezicht en handen, strijkt met natte vingers zijn haar achterover en schenkt twee kopjes vol. Fluitend duwt hij met zijn kont de deur van de huiskamer open.

'De taart,' oma klapt als een opgewonden kind in haar handen, 'die heb ik speciaal voor jou gekocht Jan-Paul, en die milieu-koffiefilters ook. Je wordt toch later bioloog? Ik dacht wel dat je zou komen vandaag.' Ze steekt haar hand uit om over zijn knie te strelen. JP slaat zijn benen over elkaar en gaat schuin van haar weg zitten.

'Je wordt oud. Er is geen taart. Je wordt vergeetachtig. Ik word rechter.'

Oma trekt haar wenkbrauwen op en haar mond is al open om iets te zeggen, maar ze zakt terug. Als een soufflé, een soufflé van losse vellen. Misschien iets voor in een gedicht. Ik moet niet van die onvriendelijke dingen over oma denken. Hij blaast hard in zijn koffie, bruine spetters vliegen uit het kopje. Hij kan een gedicht voor oma maken, nu. Op een bladzij uit het telefoonboek. Hij rent naar de hal, naar het telefoontafeltje en schrijft allemaal mooie zinnen die waar en goed zijn.

'Is dat voor mij?' Oma pakt het papier aan en drukt haar wang tegen die van JP.

'Een bladzij uit het telefoonboek. Wat grappig. Lieve jongen.' Ze draait het blad om en om. JP peutert aan zijn nagelriemen.

'Er staat een gedicht op.'

'Wat zeg je jongen.'

'Een gedicht. Er staat een gedicht op.'

Oma houdt het papier vlak voor haar ogen.

'Wat leuk dat je een gedicht voor je oude oma hebt gemaakt. Ik kan het alleen niet zo goed lezen geloof ik. Hier zie ik wat: 'alleen in het bos kan ik, kan ik'. Waren er geen witte blaadjes meer?'

'Alleen in het bos kan ik wonen. Dat is de eerste regel.'

'Wat een mooie regel,' oma pakt JP's hand, 'en wat komt er daarna?'

JP heeft opeens een brok in zijn keel. Om die weg te krijgen neemt hij een grote slok koffie. Met kracht haalt hij zijn neus op.

'De vloedlijn van de stad. De vloedlijn van de stad.' Hij weet het niet meer. Hij trekt een draadje uit het tafelkleed.

'Vertel het maar een andere keer. Ga in de keuken maar een doek halen, ik heb koffie gemorst.' Er is zelfs geen minuscule druppel koffie op tafel te ontdekken, dit zegt ze om hem niet in verlegenheid te brengen. JP haalt diep adem en staat op.

'Ik had het ook op gewoon papier kunnen schrijven. Ik heb het expres op een bladzijde uit het telefoonboek gedaan.'

'Ik dacht al dat het iets betekende.' Oma duwt met haar tong haar kunstgebit naar achteren, pulkt iets van haar verhemelte, 'kokosmakroon. Dat plakt altijd zo.'

'Het betekent dat het gedicht op iedereen slaat. Al die namen in dat telefoonboek. Het is een universeel gedicht.'

Oma wroet aandachtig met een vinger tussen haar kiezen. JP voelt zich belachelijk. Een los elementje, een stukje lego dat over is. Hij wil deze vergelijking niet bedenken, hij wil niet.

'Universeel,' oma knikt hem toe en legt haar benen op de poef. JP verdwijnt naar de keuken.

Voor het keukenraam staat, precies tussen twee geruite gordijntjes in, een vaas met de tak seringen die hij vorige keer voor oma onderweg van een boom heeft gerukt. Hij ziet er niet al te florissant meer uit. De lila bloemetjes zijn plat tegen het raam gedrukt als kinderneusjes. Hij pakt de vaas op, vult hem bij het aanrecht tot de rand bij en loopt ermee de huiskamer in.

Oma kijkt verbaasd, maar ze zegt: 'Gelijk heb je. Zet ze maar hier neer. Zonde dat ze in de keuken staan waar niemand ervan geniet. Lekker ruiken ze hè?'

Marleens lila lingerie had de kleur van die seringen. Natuurlijk weet hij zich nog meer te herinneren van het gedicht dat hij net voor oma heeft opgeschreven. 'Sugar Baby,' zegt de jongen tegen het meisje als ze het mooiste ondergoed over haar lichaam laat glijden, 'kijk eens naar het ochtendlicht boven de zee, tot in het hart van de stad Den Haag stuift het poederlicht. Dit is een gedicht voor schilders. Het poederlicht ruikt naar de bloemen die de ribes draagt in april.' Wat walgelijk sentimenteel. Er komt een waas voor zijn blikveld maar dat is niet zijn schuld.

'Je houdt veel van bloemen hè. Waarom wil je geen bioloog meer worden?'

'Turgor,' hoort hij zichzelf automatisch zeggen.

'Wat zeg je, jongen?'

Turgor, Latijn voor 'het opzwellen, de zwelling'. Bij planten de druk waarmee de celinhoud, de protoplast, tegen de celwand wordt gedrukt. De turgor is een gevolg van de osmotische eigenschappen van de cel: de celmembranen zijn nagenoeg semi-permeabel. De vacuole bevat veel stoffen in oplossing, terwijl de concentratie van stoffen in de vloeistof rondom de cel veel lager is. Een door waterverlies ontspannen cel, turgor is nul, zal zodra er voldoende vloeistof omheen aanwezig is, snel water opnemen, daardoor opzwellen en een druk uitoefenen op de omringende celwand, die gerekt wordt. De stevigheid van een turgescente cel is vergelijkbaar met die van een voetbal; daar veroorzaakt door de druk van de opgepompte binnenbal. Ajax über alles.

'Misschien ga ik volgend jaar maar eens rechten studeren,' zegt JP bedachtzaam. Hij vindt het een heel goed besluit, hij kan het zichzelf niet vaak genoeg horen zeggen. Menno staat voor de spiegel en inspecteert zijn neusvleugels op oneffenheden.

'Rechten.' Het woord straalt rust uit en autoriteit. Gezag, ernst en wijsheid. Levenswijsheid, die nodig is om de weegschaal van Vrouwe Justitia zo nauwkeurig mogelijk haar werk te laten doen. Maar voor Menno zal hij het simpel houden.

'Goed en kwaad. Recht en onrecht. Een duidelijk onderscheid; dit kan wel en dat kan niet.' Hij wijst erbij naar links en rechts.

'Goed gesproken.' Menno steekt een vuist in de lucht en inspecteert zijn voorhoofd. 'Iemand zou er een rap over moeten maken. Zo iets van: the law, the law, the law should be physically fit. Yo man check this out, the law'

'Ja heel goed,' zegt JP snel. Hij is nog niet uitgesproken. 'Het enige wat me kan weerhouden is als ze te veel werkgroepen hebben. Massale samenwerkingsverbanden doen mijn kwaliteiten ondersneeuwen.' Terwijl hij spreekt voelt hij zich groeien. Niets kan hem meer stoppen. Hij is onstuitbaar, de rechter in hem is ontwaakt en zal zich doen gelden, werkgroepen of geen werkgroepen.

'Ik haat werkgroepen ook.' Menno drukt in lotion gedrenkte wattenschijfjes op zijn oogleden.

JP lacht meewarig in zichzelf. Menno laat zich te veel door zijn gevoelens overheersen. Zo zou Menno's eventuele carrièreplanning wel eens in de kiem gesmoord kunnen worden. Hij moet het er eens met hem over hebben. JP slaat zijn benen over elkaar.

'Ik word eerst advocaat en dan rechter. Ik ga naar Amerika'

'Nee hè,' Menno smijt de wattenschijfjes met kracht in de wasbak, 'niet weer dat gezeik over die eeuwige Marleen.'

210

JP is beduusd. Hij wou het over zijn internationale loopbaan als succes-rechter gaan hebben.

Menno ploft achterover op bed. 'Ik herinner me haar gezicht niet. Ik herinner me haar helemaal niet. Het is dat jij het constant over haar hebt.'

'Niet.'

'Wel. Vaak. Bijna alleen maar. Toen je haar nog niet kende was het 'ik heb zo'n leuk meisje gezien Menno'. Toen jullie wat hadden was het 'Marleen is het doel in mijn leven Menno'. En nu ze in Amerika zit met die crimi hou je nog niet op. Ik herinner me haar niet. Niets.'

Ze praatte de hele tijd Amerikaans, wil JP zeggen maar opeens weet hij dat niet meer zo zeker. 'Ik was niet van plan om gelijk met haar naar bed te gaan. Ik wou haar eerst leren kennen. Maar dat duurt ook minstens weer twee weken. We hebben het wel gelijk gedaan. Maar het ging goed. We bleven bij elkaar.'

Menno slaakt een diepe zucht, 'JP dit weet ik allemaal al. En daarbij herinner ik me haar toch niet. Ze had een keer zo'n vies wit dingetje in haar oog, hier.' Hij wijst naar zijn ooghoek, 'en jullie bleven niet bij elkaar want nu is ze weg.'

'We bleven bij elkaar zo lang als het duurde.'

'Me reet. Doe niet zo ongelooflijk dom JP.'

JP haalt zijn neus op. Wie geen dichter is begrijpt het niet, wil hij zeggen, maar met geen mogelijkheid kan hij een woord uitbrengen. Hij en Marleen bleven wel bij elkaar zo lang als het duurde. En nog langer. Niet in de banale praktijk maar op een ander, poëtisch niveau. Het niveau van de ideeën, de waarheid achter alle dingen. En ergens, vaag, voelt hij dat hier alles bij elkaar komt; zijn justitiële roeping, zijn dichterstalent en zijn grote liefde.

'Je huilt,' zegt Menno.

'Je kan niet te lang blijven. Achttien.' Menno drentelt op en neer. De tram rinkelt de hoek om.

'We moeten zo eten. Kom na het eten terug. Wat kan je nou nog meer tellen naast ambulances en trams. Vliegtuigen. Maar dan moet je je ogen de hele tijd openhouden.'

'De tijd dringt,' zegt JP, 'we moeten ons ernstig afvragen wat we na de zomer eens zullen gaan doen. Doe je dan niks, val je weer een heel jaar buiten de boot. We moeten zorgen dat we niet op vakantie zijn als de scholen beginnen.'

'Yepyepyepyep,' Menno ijsbeert met de handen op de rug, 'jij kan de dingen altijd zo helder verwoorden. Je legt de vinger op de zere plek; de tijd dringt. Dat is dat vage onrustige gevoel wat me de laatste maanden besluipt.' Menno schudt JP de hand. 'Maar jij zelf hebt een plan. Jij gaat toch rechten studeren?'

Met kracht slaat JP zich tegen zijn voorhoofd. Wat een ei is hij. Als Menno het niet had gezegd was hij zijn grote ambitie vergeten. Hij woord 'recht' heeft zich wel gelijk weer als een klont gist in zijn maag genesteld; hij voelt zichzelf al weer bruisen en groeien. Maar als Menno het niet had gezegd. Een huivering snelt langs zijn ruggegraat.

'Menno, als mijn succesboek uitkomt krijg je de helft van de opbrengst. Soms breng je me op een redelijk goed idee. Ik hou van je.'

Menno kleurt lichtrood en grijnst. JP gaat zitten. Hij maakt zich toch ernstig zorgen. Stel hij vergeet het weer en Menno vergeet het ook. Of Menno vergeet het niet maar herinnert hem er niet meer aan omdat hij ervan uitgaat dat JP het zelf nog wel weet. Zweet staat in zijn handpalmen. 'Misschien moet ik een agenda kopen. Maar die raak ik altijd kwijt. Shit.'

Menno trekt aan de klep van JP's pet. 'Rustig maar JP. Alles komt goed.'

Ik moet naar mijn oma, denkt JP. Niks komt goed. Iets draait heel snel om tot niets; wie zei dat ook al weer?

'Hallo,' groet het zusje van Menno vrolijk. JP kijkt strak langs haar heen. Vanuit zijn ooghoek ziet hij haar sproeten en haar felgebloemde minijurk. Meerte Huizinga heet ze in het echt, in zijn fantasie heet ze Meerte Zomers. Hij heeft een keer een gedicht over haar gemaakt. Hij wou het haar geven, getypt op een knalroze blaadje, maar hij durfde niet. Hij zou het nu tegen haar kunnen vertellen, hij herinnert het zich precies, maar hij moet dringend Menno spreken, hij heeft geen tijd. Hij perst zich tegen de muur langs haar heen.

Op de trap neuriet hij het gedichtje: 'Het vriest en het is nacht./ Het korte waterblauwe rokje/ de zoom met grote steken vastgezet/ als een gletsjer rond haar benen, en/ o die plooitjes van het elastiek!/ Was het maar van fragiel satijn,/ wat je moeder in de vuilnisemmer doet,/ of met de glans van helder maanlicht/ in zo'n grote doorzichtige plastic zak./ En dan natuurlijk zonder/ die gerimpelde taille./ Maar de rok is kort en waterblauw en/ o die plooitjes van het elastiek!/ als een gletsjer rond haar benen./ Het vriest en het is koud./ Het rokje kraakt een beetje.' Bij de laatste woorden stampt hij op de overloop naar Menno's kamer. Ze mag die gebloemde minijurk eigenlijk niet dragen. Veel te gevaarlijk, hij moet Menno eens vragen haar streng toe te spreken. Ze mag ook niet zonder begeleiding van een van haar ouders naar buiten.

'Ik ben nooit een voorbeeldige leerling geweest. Alleen toen ik bij mijn oma woonde ging het goed op school.'

Menno wrijft de slaap uit zijn ogen. 'Bij je oma woonde? Je bent toch rechtstreeks van je ouders hierheen gekomen?'

'Hou je bek. Ik zat op een ongelooflijk klassikale school. En mijn oma zat me achter mijn vodden. Overhoren overhoren overhoren.' Hij krabt wat opgedroogde fritessaus van zijn broek. Het gaat onder zijn nagel zitten. Hij moet zijn nagels eens knippen.

'Voor de kerstvakantie ging het dit jaar goed op de universiteit. Ik was er elk college.'

Menno knikt. Hij heeft een hand op zijn buik, zijn maag rommelt, net het afvoerputje van de gootsteen wanneer het heeft geregend.

'Ik was een beetje bang toen de kerstvakantie naderde. Maar ik dacht het gevoel komt wel weer terug.'

Menno onderdrukt een boer, 'sad. Tragisch. Ik ken het.'

'De laatste keer dat ik bij een college was zei de leraar, die wiseguy in dat verbleekte ribfluwelen jasje, 'zo zit het in elkaar. Of juist niet natuurlijk, volgens andere theorieën.' Wat moet ik daar nou mee?'

'Ja.' Menno steekt een joint op. Zorgvuldig neemt hij een trek zodat de joint gelijkmatig brandt. Hij houdt de rook zo lang mogelijk binnen en bekijkt de gloeiende askegel aan alle kanten. 'Ik geloof dat ik voor niets een geeltje in de fik steek. Ik voel niets.' Zijn ogen staan flets.

JP is draaierig in zijn hoofd. Hij gooit zijn benen, die loodzwaar aanvoelen, over de leuning van de stoel. Hij wil clips kijken en chips eten maar Menno heeft geen tv op zijn kamer. En in de huiskamer zitten Menno's moeder en zusje. Ik en mijn oma, mijn lievelieve oma, hebben niet eens een goede televisie, denkt hij en hij kan wel huilen. Als hij veel geld had, heel veel geld, kocht hij voor iedereen een televisie en een videorecorder. En voor Menno en zichzelf een Porsche en voor oma een stijlvolle Jaguar.

Hij wringt een blikje bier uit zijn binnenzak en schenkt bij de wasbak de helft over in het tandenborstelglas vol spetters en witte vegen.

Menno neemt een paar slokken en klotst het bier rond in het glas. Staart ernaar, kijkt op naar JP. Opent zijn mond om iets te zeggen en neemt toch maar weer een slok.

Gadverdamme. Er volgt vast een bekentenis. JP doet zijn ogen alvast dicht.

'Mijn vader heeft zich doodgezopen.'

Er staat een speaker vlak bij JP's stoel, de andere

staat op de kast. Als JP zijn hand een stukje voor het oor houdt dat het dichtst bij een speaker is, hoort hij de muziek in allebei zijn oren even sterk. Zijn oren werken goed. Met oren-testen bij de schooldokter hoorde hij altijd alle piepjes. Behalve het allerzachtste piepje. Dan zei hij gewoon 'ja' wanneer hij de dokter op een knop zag drukken. Maar dat was echt alleen het allerallerzachtste piepje.

Hij swingt zijn hoofd, met aan beide kanten een geweldig goed oor, heen en weer op de plaat. Hij boert, de smaak van melk en brood met pindakaas komt omhoog. Menno praat, maar hij wil er niets van verstaan. Wat voor dag zou het zijn. Hij heeft geen idee maar maakt zich er niet druk over, dat soort dingen komt volgend jaar wel weer, als hij rechten studeert. Hij weet niets meer om te denken en de muziek staat niet hard genoeg om Menno te overstemmen.

'... zo schattig uit dat ik geen moer geloofde van wat hij zei. Ik keek naar zijn bewegende billen als hij op het bord schreef. Hij zag eruit alsof hij de hele dag geknuffeld moest worden.'

Waar gaat dit nou weer over. Niet over die vader. Menno zei toch net dat zijn vader zich had doodgezopen? Of niet? Hij keek wel uit om het te vragen. Kreeg je een heel egodocument op je bord als het waar bleek te zijn.

'Dat vale ribfluwelen jasje en dat warrige haar; hij zou zich van mij maar zelden mogen wassen, door water en zeep zou er iets van hem verloren kunnen gaan. Ik weet hoe hij ruikt. Als een duinkonijntje. Als er maar iemand is als hij thuiskomt, moe van het lesgeven en met een zware tas vol tentamens die hij die avond moet nakijken. Iemand die de politie belt als hij om half zes nog niet thuis is. Iemand die zijn billen kust en een strippenkaart voor hem koopt. Iemand die een degelijke stamppot voor hem klaarmaakt. Stel je eens voor dat dat niet zo is' Menno snift. JP ziet iets glinsteren bij zijn oog.

'Een lamme pols van het dragen van die zware schooltas. Stel je voor dat hij elke dag met weerzin de sleutel in het slot steekt omdat hij weet dat het huis koud en donker is. Dat de winkels al dicht zijn en hij alleen een restje vergeelde yoghurt in de ijskast heeft. Dat hij dus weer naar de chinees zal moeten voor een bak nasi met een gebakken ei. Hij krijgt vitaminegebrek en koortsuitslag van die eenzijdige voeding. Een oedeembuik. Voor het tentamen en voor de nota had ik het hoogste cijfer. Wat voor vak het was weet ik niet meer.'

JP zit verstijfd. Met moeite beweegt hij zijn kaken.

'Jelle heettte hij. Jelle Attema. Algemene onderzoeksleer. Jouw nota behelsde een opzet voor een toxicologisch onderzoek.' JP spreekt luid.

Voor het tuimelraam is een geruit gordijn gespannen. Het licht dat erdoor valt kleurt Menno's gezicht lichtoranje. Onbeweeglijk ligt Menno op bed. JP voelt in zijn broekzakken naar guldens. Hij herinnert zich dat hij blut is en hoopt dat hij dit niet tegen Menno heeft gezegd.

'Ik ga naar de snackbar. Fruitmachine.'

Menno krabt aan zijn knie. De nagels krassen over de droge huid en de haren. Beneden gaat de voordeur open. Geklik van hakken en het gerammel aan een fietsslot. JP wil naar het raam lopen om te zien wie het is. Menno's scherpe stemgeluid houdt hem tegen.

'M'n zusje. Elia belde of ik haar eens mee wilde nemen. Dat zou ook leuk voor JP zijn, zei hij.' Menno's blik steekt.

De fiets verdwijnt over de stoep. Het maakt een licht zoemend geluid waaruit JP afleidt dat het een fiets met versnellingen is. Als ze maar niet dat korte jurkje aan heeft. Slechte en vieze mannen zullen proberen eronder te gluren. Maar ze is natuurlijk een kankerbitch.

Menno ademt zwaar. JP wou dat er iets anders was om naar te luisteren. Misschien moet dat zusje echt maar eens meegelokt worden naar Elia. De hoer. Net doen alsof het hele leven een feest is, dat moet eruit geramd. Hij weet dat er iets niet klopt aan zijn redenatie maar zijn keel is dichtgeslibd en zijn ogen tranen. Door de zware wietlucht.

'Ik ga. Gokken.' Hij praat snel en staat op.

'Laat je pik zien.'

'Wat?' JP lacht, hoog. Zijn hand op de deurkruk trilt.

'Je hoorde me. Laat je pik zien. Vrienden onder elkaar JP.' Menno knoopt de ceintuur van zijn kamerjas los, trekt vliegensvlug zijn boxer uit en springt van het bed.

'Nee,' schreeuwt JP en drukt in paniek de klink naar beneden, 'nee,' hij herstelt zich, 'blijf daar. Ik kom al. Rustig, geen paniek.'

'Wat is er,' in het schemerduister ziet JP dat

Menno's neusgaten wijd opengesperd zijn, 'we zijn toch vrienden onder elkaar? Of denk je soms dat ik een flikker ben? Denk je dat soms JP?'

JP's hart bonkt in zijn keel. Hij staart naar het oogwit van Menno, onophoudelijk.

'Zeg het dan als je denkt dat ik een flikker ben. Zeg het dan.'

'Nee,' fluistert JP.

'Wat zeg je,' dreint Menno, 'ik versta je niet JP, wat zeg je.'

'Nee,' herhaalt JP. Hij loopt tot vlak voor Menno, kijkt hem strak aan en knoopt zijn eigen broek los. Menno's adem stokt.

Menno zakt langzaam door zijn knieën. Hij drukt zijn gezicht tussen JP's benen, beroert met zijn lippen JP's ballen. JP krijgt kippevel.

Menno fluistert: 'Wat een beeldschone eikel. Net de dop van een badmintonshuttle. Als je daarin knijpt komt er een deuk in. Deze doet dat niet, zie je?' Hij knijpt hard. JP slikt.

'Hij heeft ook een beetje de kleur van vlees dat over de datum is. Ik zal eens proeven.' Alsof het een bolletje ijs is, draait hij met zijn tong rondjes om de eikel en likt er kriskras overheen.

'Hou op,' brengt JP met moeite uit, 'alsjeblieft hou op Menno.'

'Wil je dat?' Menno kijkt omhoog, 'weten Elia en Armando eigenlijk wat jij met je oma uitvoert JP? En hoe komt dit eigenlijk?' Hij beweegt JP's stijve geslacht heen en weer. Zonder zijn ogen van JP af te wenden stopt hij hem in zijn mond. Dit is het juiste formaat koffiefilter voor 1x2, denkt JP.

JP balt zijn vuisten terwijl Menno zijn broek voor hem dichtknoopt. Menno wast fluitend zijn handen en spoelt zijn mond, gorgelt het water lang achter in zijn keel.

'Nu gaan we naar de snackbar,' beslist Menno, 'patatje halen met mayonaise.'

Mayonaise. Eiwitten. Alle enzymen zijn eiwitten maar niet alle eiwitten van de cel zijn enzymen.

'Mayonaise daar zit veel eiwit in. Herinner je je nog JP?' Menno schiet in zijn trainingsbroek. 'Weet je nog dat die lekkere geile leraar dat vertelde toen we na de pauze met friet in de collegebank zaten? Alle enzymen zijn eiwitten maar niet alle eiwitten zijn enzymen. Na de binnenkomst in het lichaam kunnen lichaamsvreemde stoffen worden aangepakt door enzymen, waarbij talloze nieuwe verbindingen worden gevormd. Deze omzetting van stoffen wordt metabolisme genoemd.' Breeduit gaat hij zitten, 'daar ging mijn nota toen ook over. Metabolieten zijn over het algemeen minder werkzaam of giftig dan de oorspronkelijke stof. Er zijn echter uitzonderingen. Paraoxon is giftiger dan parathion. Vinylchloride-epoxide is verantwoordelijk voor de kankerverwekkende eigenschappen van vinylchloride.'

Zijn gulp is dichtgemaakt en zijn riem vastgegespt, maar JP heeft het idee nog bloot te zijn. Menno kijkt hem grijnzend aan. JP pulkt achter een kies een draderig stukje shoarmavlees vandaan. Dat moet er twee dagen hebben gezeten.